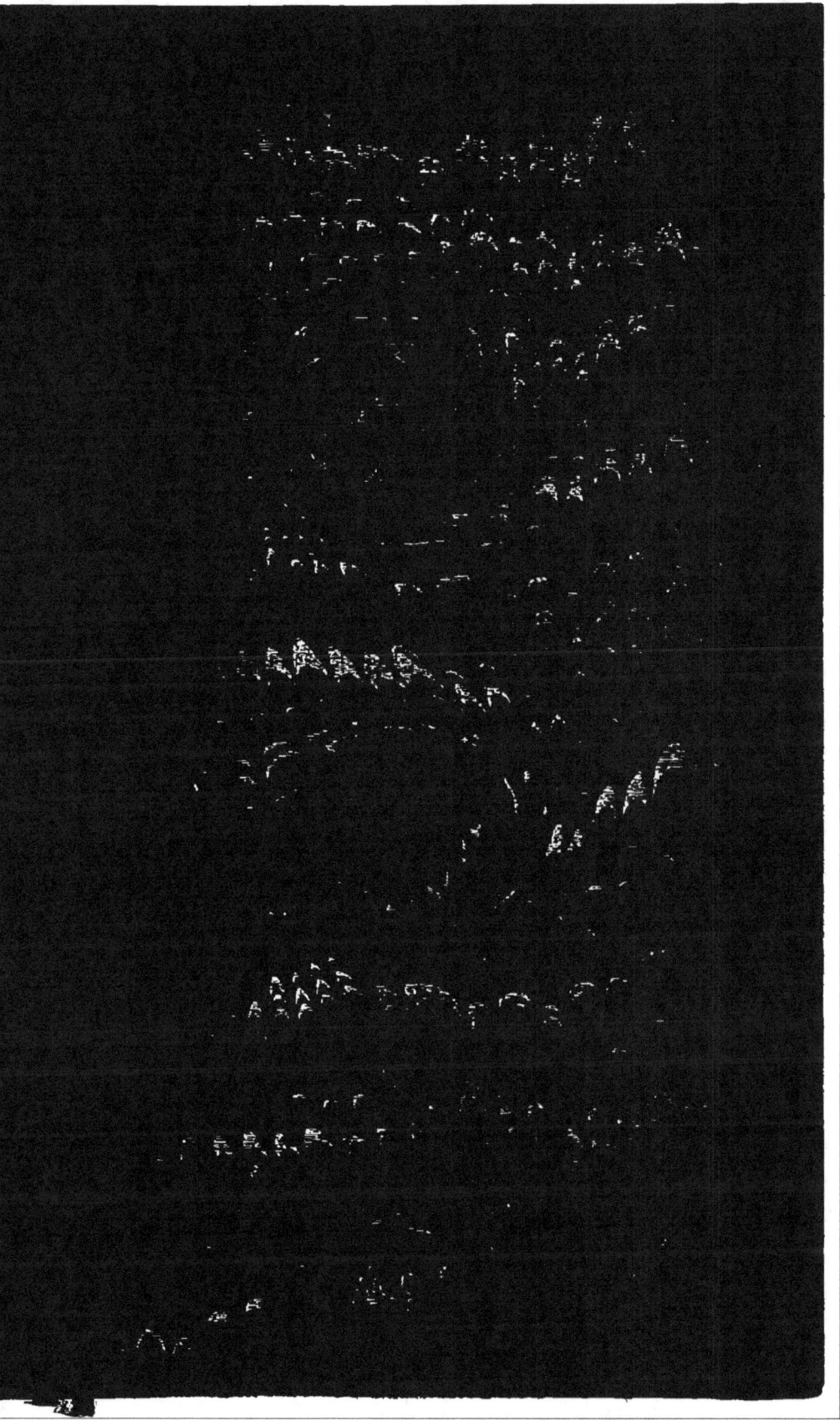

LE TRESOR

DES PIECES RARES OU INEDITES

LES

EGLISES ET MONASTERES

DE PARIS

TIRÉ A 352 EXEMPLAIRES :

330 sur papier vergé ;
  4 sur papier de Chine ;
  8 sur papier de couleur ;
  8 sur papier vélin.
  2 sur peau de vélin.

Exemplaire tiré pour la Bibliothèque de M.

PARIS. — IMPRIME CHEZ BONAVENTURE ET DUCESSOIS,
55, QUAI DES AUGUSTINS.

LES

EGLISES ET MONASTERES

DE PARIS

PIECES EN PROSE ET EN VERS

DES IXᵉ, XIIIᵉ ET XIVᵉ SIECLES

PUBLIÉES

D'APRES LES MANUSCRITS, AVEC NOTES ET PREFACE

PAR H. L. BORDIER,

Membre de la Société Impériale des antiquaires de France.

A PARIS

CHEZ AUG. AUBRY, LIBRAIRE

RUE DAUPHINE, N. 16.

M D CCC LVI

INTRODUCTION.

S ı l'on en croit le poëte Fortunat, qui vivait à la cour des rois méro-vingiens sur la fin du vie siècle, la cathédrale de Paris existait déjà en 375. Loin de révoquer en doute cette haute antiquité de Notre-Dame, on peut la faire remonter plus haut encore en considérant qu'un concile, solennité qui suppose l'existence d'une église, fut tenu à Paris en l'année 360. La cathédrale passe pour avoir été la seule église de Paris jusqu'au règne de Childebert Ier, qui embrasse les années 511 à 558 ; mais elle était composée d'une basilique principale placée sous l'invocation de

saint Étienne et d'une chapelle accessoire dédiée
à Notre‑Dame. C'était alors et ce fut encore
l'usage durant plusieurs siècles de grouper au‑
tour des grandes églises et d'adosser presque à
leurs murailles des baptistères, des oratoires et
d'autres petits édifices religieux qui dépendaient
de l'église mère. Il est certain que Notre‑Dame
a remplacé Saint‑Étienne, mais on ignore à
quelle époque.

Childebert Ier fonda, en 543, la célèbre abbaye
de Saint‑Germain‑des‑Prés et répara la cathé‑
drale avec une magnificence qui, au dire de
Fortunat, rappelait les merveilles du temple de
Salomon. L'église de Saint‑Laurent existait
aussi de son temps aux abords ou dans un fau‑
bourg de Paris. D'autres encore se voyaient sans
doute sous le règne de ce prince ou dans le
siècle suivant, mais dont il n'est point resté de
trace ni même de souvenir. Ainsi, sans un di‑
plôme de l'an 558, nous ignorerions complète‑
ment l'existence à Paris, à cette époque, d'un
oratoire de Saint‑Andéol, et sans un passage de
Grégoire de Tours [1], l'on n'aurait jamais su qu'il
y avait aux approches de la cathédrale une cha‑

---

[1] Grég. de Tours ; *Gloria confessorum*, chap. cv, intitulé :
De sepulchro Crescentiœ Parisiorum.

pelle placée sous l'invocation d'une sainte bien inconnue elle-même, sainte Crescence.

Une charte précieuse nous a conservé l'état des églises de Paris au commencement du VIIIᵉ siècle. C'est le testament d'Erminthrude, rédigé à Paris même vers l'an 700, et dans lequel cette noble et riche matrone franque distribue entre ses légataires une étonnante profusion d'objets divers, d'esclaves, de terres, de bijoux, de menus ustensiles et jusqu'au char attelé de bœufs sur lequel elle avait coutume de faire ses promenades. Au nombre des légataires qu'elle enrichit par ses dispositions dernières, elle comprend toutes les églises de Paris [1], et elle les énumère dans cet ordre : Saint-Pierre (qui fut plus tard l'abbaye de Sainte-Geneviève), Notre-Dame, Saint-Étienne, Saint-Gervais (et Saint-Protais), Saint-Symphorien, Sainte-Croix et Saint-Vincent (plus tard Saint-Germain-des-Prés), enfin Saint-Denys (probablement Saint-Denys-de-la-Chartre).

---

[1] « Basilicæ constitutæ Parisiis, » dit la testatrice. Notre-Dame, Saint-Étienne, Saint-Symphorien et Saint-Denys étaient dans la Cité. Saint-Pierre et Sainte-Croix touchaient au palais des Thermes sur la rive gauche de la Seine ; Saint-Gervais, sur la rive droite et baignant dans le fleuve, était également dans un faubourg.

Deux siècles après, on se trouvait au sortir des
ravages cruels exercés par les Northmans qui se
jetaient avec rage contre les lieux saints et qui
avaient tout détruit aux environs de Paris en 885
et 886. Cependant un document de la fin du
ixᵉ siècle ou du commencement du xᵉ nous
fournit quelques renseignements sur les églises
de Paris à cette époque. C'est une énumération
des terrains vagues ou jardins, au nombre de
trente-quatre, que possédaient alors dans cette
ville les religieux de l'abbaye de Saint-Maur des-
Fossés. Les quatre confins de chaque terrain sont
régulièrement dénommés dans la pièce, et l'on
y trouve de cette manière la mention de douze
églises, outre Saint-Maur; ce sont Saint-Gervais, Saint-Julien (probablement Saint-Julien-
le-Pauvre), Notre-Dame, Saint-Pierre (abbaye
de Sainte-Geneviève), Saint-Georges, Saint-Éloi,
Saint-Denys, Saint-Germain (Saint-Germain-le-
Vieil ou Saint-Germain-l'Auxerrois), Saint-
Christophe, Saint-Merri, Sainte-Geneviève (la-
Petite) et Saint-Martin. Personne, que nous
sachions, ne s'est encore servi de ce document,
resté inédit jusqu'à ce jour, et cependant il n'est
pas sans intérêt dès qu'il se trouve écrit par une
main d'aussi vénérable antiquité. Le dédain dont
il a peut-être été l'objet s'explique sans doute
par le vague des termes dans lesquels il est

conçu et le peu de lumières qu'il est permis,
par conséquent, d'en retirer. Néanmoins il
nous a semblé bon de le donner, ne fût-ce que
dans l'espérance de voir un plus habile y décou-
vrir ce que ses devanciers n'ont pas aperçu.

Dès qu'on arrive au moment où s'élevèrent
sur le trône les rois de la troisième race, c'est-
à-dire dès la fin du xe siècle, les documents
abondent et nos archives sont remplies des
titres de tout genre auxquels donnèrent lieu,
dans les temps qui suivirent, la libéralité des
rois et des peuples envers le clergé de Paris.
Parmi les merveilles de la capitale qui déjà
frappaient les contemporains de Philippe-Auguste et de saint Louis, les *moutiers*, c'est-à-dire
les monastères et les églises, excitaient l'admi-
ration de ce moyen âge qui fut si longtemps
avant de sortir de sa grossière enveloppe et de
comprendre le beau en dehors de l'idée reli-
gieuse. Il n'est guère de poëte ou de chroniqueur d'alors qui ait parlé de la grande ville
sans lui laisser à cet égard le tribut de ses
louanges.

Un versificateur inconnu rima, vers la fin du
xiiie siècle, une petite pièce intitulée *les Monstiers de Paris*, dans laquelle il énumère, avec
la plus parfaite sécheresse il est vrai, les édifices
religieux qu'il avait vus dans la grande ville. Il

en compte soixante-treize. Cette pièce a été publiée, mais il nous a paru nécessaire ici de la reproduire.

Une autre pièce de vers, postérieure d'une cinquantaine d'années à la précédente, a été consacrée au même sujet par un poëte qui n'était pas beaucoup mieux inspiré que son confrère plus ancien, mais qui pourtant donne quelque essor à sa plume, et s'essaye à peindre un peu ses impressions. Il entre dans quelques détails sur les lieux qu'il décrit, sur ceux qui les habitent et même sur des circonstances purement extérieures, telles que le commerce des divers quartiers. Il met aussi dans son discours une certaine méthode qui en double pour nous l'utilité; l'autre poëte énumérait ses églises au hasard de la rime; celui-ci procède en décrivant la Cité d'abord, puis la rive gauche de la Seine, et il termine par la revue des édifices de la rive droite. Il dénombre ainsi quatre-vingt-huit monuments auxquels sont consacrés plus de trois cents vers, et encore, dit-il, il ne mentionne pas les chapelles particulières de ducs, de comtes, d'évêques, d'abbés et de bourgeois; il n'a voulu compter que les édifices publics. Cette seconde pièce a été publiée, mais non pas tout à fait en entier, par M. Jubinal, dans son *Nouveau recueil* de Contes, Dits, Fabliaux (Paris, 1842, t. II,

p. 102). Elle mérite d'être réimprimée avec soin et justifierait à elle seule la publication du livret que nous offrons au lecteur. Les historiens de Paris se sont servis plus d'une fois de la pièce intitulée *les Monstiers ;* celle-ci leur fournirait certainement plus de ressources.

Il est aussi question des abbayes et églises de Paris au moyen âge dans quelques autres compositions dont les principales sont : *le Dit des Ordres,* par Rutebeuf, et la *Description et plaisance des religions,* par Rois de Cambrai ; l'abbé de Marolles a fait imprimer aussi, vers la fin du xviie siècle [1], plusieurs milliers de détestables vers sur le même sujet ; mais tous ces ouvrages ne sont qu'accidentellement relatifs aux moutiers de Paris et traitent des ordres religieux en général. Au lieu donc de les reproduire, nous avons jugé faire une chose utile et rendre

---

[1] En 1677. Les quatrains de l'abbé de Marolles à la louange de Paris forment un volume in-4° d'une extrême rareté. C'est là son plus grand mérite, car le trop fécond abbé a trouvé moyen de s'y montrer inférieur aux plus infimes versificateurs du moyen âge. Voici comment, pour parler des religieux, il entre en matière :

> La Congrégation de Saint-Maur, commencée
> En six cent dix-huict avecque du bonheur,
> Le Pape en vingt et un luy prète sa faveur ;
> En vingt-sept Urbain la confirme avancée.

cet opuscule plus digne d'être consulté, en
plaçant après l'œuvre de nos deux poëtes le
document du ixᵉ siècle dont nous avons parlé
ci-dessus, et qui a le mérite de n'avoir encore
jamais été imprimé. Nous y joindrons la liste
(rédigée d'après les historiens de Paris) des
églises et monastères qui y ont été fondés depuis le xivᵉ siècle jusqu'à la fin de l'ancienne
monarchie; enfin l'état des édifices religieux
existant à Paris de nos jours. Si l'on ajoutait
l'autel à Jupiter, découvert en 1711 dans les
fondations de Notre-Dame, et les synagogues
israélites, la nomenclature donnée ici, de tous
les édifices religieux connus comme ayant existé
ou existant encore à Paris, serait bien près de
se trouver complète.

L'on ne saurait apporter trop de détails, trop
d'exactitude, trop de soins minutieux, lorsqu'on veut parler de Paris, mais le difficile,
comme disait l'éditeur d'un de ses plus vieux
historiens, dom Jacques Dubreul, est de « ne
« rien dire et escrire de bas d'une telle ville qui
« est la gloire, la perle et la magnificence non
« seulement de la France, mais encore de tout
« l'univers. »

I

LES MOUSTIERS DE PARIS

(1270)

ETTE pièce de vers a été imprimée pour la première fois dans le recueil de contes et fabliaux publié en 1808, par M. Méon (t. II, p. 287). L'original se trouve dans un manuscrit de la fin du XIIIe siècle conservé à la Bibliothèque impériale sous le nº 7218, au fº 232. Nous avons eu peu de chose à changer au texte donné par M. Méon.

Tous les érudits qui ont lu cette pièce y ont reconnu le style, aussi bien que l'écriture, du XIIIe siècle. On peut préciser davantage en observant que l'auteur (au vers 64) parle du *nouvel Ordre* de Sainte-Croix, qui fut établi à Paris vers 1260, et que d'autre part (au vers 57) il écrivait avant la suppression des Frères Sachets, arrivée en 1274. Notre date approximative, 1270, est donc bien voisine sans doute de la vérité.

Il ne faut pas être étonné de ce que la pièce semble n'annoncer par son titre qu'une liste de monastères (moustiers, monstiers), lorsqu'elle est aussi bien consacrée aux églises séculières, non-seulement aux collégiales auxquelles était attaché un chapitre de clercs vivant en communauté, mais même aux simples églises paroissiales où il n'y avait qu'un curé. Dès le milieu du viiie siècle les chapitres furent soumis à des règles monastiques, et d'autre part les moines furent admis, jusqu'à l'époque d'un concile qui se tint en 1215, à des-servir les cures. En même temps les communautés régulières, partout si riches et si puissantes, éle-vèrent dans des lieux auparavant déserts ou peu cultivés une multitude de chapelles, d'oratoires, de prieurés, de celles, d'ermitages, où elles en-voyaient leurs religieux célébrer l'office divin. L'habitation du desservant, à côté de sa cure ou de sa chapelle, était à bon droit aussi appelée *monastère*, c'est-à-dire « maison d'un solitaire. » Ainsi églises et presbytères, tout lieu consacré paraissait un *moutier* aux yeux du moyen âge, étourdi par l'extension prodigieuse des institutions monastiques. Les bénédictins auteurs du Nou-

veau traité de Diplomatique (t V, p. 431) ont
fort doctement expliqué cette confusion.

Nous avons dû joindre à ce texte, pour en faciliter l'intelligence, des notes qui continssent les
détails les plus essentiels sur l'histoire des établissements dont fait mention l'auteur. Ces notes,
bien que fort courtes, occupent beaucoup de place
dans la première pièce; elles en tiendront peu dans
la seconde, parce que nous n'aurons garde de
nous répéter.

LES MOUSTIERS DE PARIS.

Hé, Nostre Dame de Paris [1].
Aidiez moi qui sui esmaris [2] *!*
Et vous Nostre Dame des chans [3]
Et Saint Marcel [4] *li bien quéranz* [5].

---

[1] Voyez ce qui est dit ci-dessus, page 1, de Notre-Dame.
L'édifice actuel fut construit sous l'épiscopat de Maurice de
Sully (1160-1196) et ouvert au culte le 17 janvier 1185.

[2] Affligé.

[3] Prieuré de l'ordre de Saint-Benoît, fondé au xe siècle et
où furent établies, au xviie, les religieuses carmélites. L'é-
glise, en partie du xiie siècle, fut démolie à la révolution.

[4] L'évêque de Paris, saint Marcel, mourut en 436 et fut
enterré à l'endroit où plus tard s'éleva une chapelle portant
son nom ; mais le premier titre certain où il en soit question
est une charte de l'an 811.

[5] Cherchant le bien.

Et Saint Victor[6] *li Dieu amis,*   5
Et Saint Nicholas li petis[7],
Et vous Saint Estiene des Grés[8]
Et Sainte Geneviève[9] *après.*
Aidiez-moi Saint Syphoriens[10].
Saint Cosme et Saint Dominiens[11],   10

---

[6] Célèbre abbaye de chanoines réguliers fondée par le roi Louis le Gros, vers 1113; l'église fut démolie en 1813 pour agrandir la halle au vin.

[7] Saint-Nicolas-du-Chardonnet, fondé en 1243.

[8] Église qui existait avant 857 et dans laquelle on trouva, en 1640, des sépultures gallo-romaines. Démolie au commencement de la révolution.

[9] Fondée par Clovis Ier, vers 508, sous l'invocation de saint Pierre et saint Paul. On y déposa le corps de la patronne de Paris, sainte Geneviève, morte en 512 et dont le tombeau est encore visité aujourd'hui. Son nom de Saint-Pierre et Saint-Paul ou des Saints Apôtres persista jusqu'à la fin du xe siècle.

[10] Il y avait à Paris, au xiiie siècle, deux chapelles de Saint-Symphorien, toutes deux remontant aux temps mérovingiens et détruites maintenant depuis longtemps : Saint-Symphorien-de-la-Chartre, appelé au xviiie siècle chapelle Saint-Luc, situé dans la Cité (quai Napoléon), et Saint-Symphorien en face duquel s'éleva plus tard le collége des Cholets (quartier Saint-Étienne-des-Grés). On voit par la pièce suivante que c'est la chapelle de la rue des Cholets qu'on appelait Saint-Symphorien-*le-Petit*.

[11] Saint-Cosme et Saint-Damien; église bâtie en 1212 et où s'établit en 1255 la confrérie des chirurgiens dont saint Cosme et saint Damien sont les patrons. Elle fut démolie en

Saint Ylaire[12]. Saint Juliens
Qui herberge les crestiens [13].
Saint Benéois li bestornez [14]
Aidiez a toz mal atornez.
Saint Jaques aus preescheors [15].   15
Saint François aus freres menors [16]

1835, sauf quelques parties dans lesquelles on a établi le musée Dupuytren (rue de l'École de médecine).

[12] Saint-Hilaire-du-Mont, mentionné pour la première fois en 1158, démoli en 1795 (rue du Mont-Saint-Hilaire, n° 2).

[13] Saint-Julien-le-Pauvre, ou l'Hospitalier, existait avant l'an 580. Déjà l'illustre Grégoire de Tours nous apprend qu'il y était hébergé vers cette époque. Cette église, qui sert encore de chapelle à l'Hôtel-Dieu (rue Saint-Julien-le-Pauvre, n° 11), a été rebâtie plusieurs fois et a conservé un portail du xiiie siècle.

[14] C'était primitivement une chapelle dédiée à saint Bacche et saint Serge, martyrs syriens, et fondée dès le vie siècle, à ce que l'on croit. Elle est encore appelée Saint-Bacche en 1050. Le bétourné, c'est-à-dire mal orienté, est une locution sur laquelle on a beaucoup disserté et qui n'est pas encore résolue. L'église de Saint-Benoît (rue Saint-Jacques, vis-à-vis le collége de France), fermée en 1813 et convertie plus tard en un théâtre, a été définitivement rasée en 1855.

[15] Les frères prêcheurs ou dominicains furent établis à Paris, en 1218, dans une maison dont faisait partie une ancienne chapelle de Saint-Jacques située sur la rue de ce nom. C'est de là qu'ils ont pris, non-seulement à Paris, mais partout, le nom de jacobins.

[16] Les frères mineurs ou cordeliers. Établis à Paris en 1217 (place de l'École de Médecine).

Et Saint Jehan a l'Ospital [17]
Et Saint Germain des prez l'aval [18],
Saint Blaives [19] *et Saint Mathelin* [20]
Et Saint Andrieu [21], *et Saint Sevrin* [22].　　　20
Aidiez-moi Saint Germain li viex [23].

---

[17] Commanderie de l'ordre des Hospitaliers de Saint-Jean de Jérusalem établie à Paris en 1130 (place Cambrai). Une vaste tour carrée, dernier reste des anciens bâtiments, et qui jadis avait été l'hôpital, a été rasée au mois de novembre 1854.

[18] L'aval, c'est-à-dire placé dans le vallon au pied de la montagne Sainte-Geneviève. Abbaye célèbre fondée par le roi Childebert I, en 543. Elle fut d'abord placée sous l'invocation de saint Vincent ou Sainte-Croix-et-saint-Vincent, puis sous celle de saint Germain, évêque de Paris, lorsqu'on y eut transporté, en 754, le tombeau de ce prélat. Dans son diplôme de fondation, Childebert nomme tous les saints dont elle avait des reliques, et l'appelle : Saint-Vincent-Sainte-Croix-Saint-Étienne-Saint-Ferréol-Saint-Julien-Saint-Georges-Saints-Gervais-et-Protais-Saints-Nazaire-et-Celse.

[19] Petite chapelle (rue Galande) qui servait à la confrérie des charpentiers. Elle fut démolie vers 1730..

[20] Les Mathurins ou religieux de la Sainte-Trinité-de-la-Rédemption-des-captifs vinrent à Paris au commencement du XIIIe siècle. L'église et le couvent ont été démolis peu de temps après 1790.

[21] Saint-André-des-Arcs (*de arcibus*), construit de 1210 à 1212, démoli en 1790.

[22] Saint-Severin et Saint-Clément. L'origine de cette église est fort obscure. On croit qu'elle remonte au vie siècle.

[23] Saint-Germain-le-Vieux (dans la Cité, rue du Marché-

Et Saint Sauveres[24] *qui vaut miex,*
Saint Cristofle[25]*, Saint Bertrémiex*[26]
Et vous, biaus sire Saint Mahiex[27]*,*
Sainte Jenevieve aus coulons[28]*,*   25

Neuf, nᵒˢ 6 et 8). On ne sait d'où lui vient son surnom. Ce fut d'abord le baptistère de Notre-Dame dédié à saint Jean-Baptiste et remontant au vᵉ siècle. Cette église fut démolie en 1802.

[24] Mentionnée pour la première fois en 1216, sous le nom de Chapelle de la Tour, à cause d'une tour qui s'élevait dans le voisinage. Démolie en 1787. Elle était située rue Saint-Denis, nᵒ 277.

[25] Saint-Christophe, petite paroisse située jadis devant Notre-Dame et qui existait dès le vIIᵉ siècle. Elle a été rasée en 1745 pour l'agrandissement de la place du Parvis.

[26] Saint-Barthélemi, appelé jusqu'en 1138 Saint-Barthélemi et Saint-Magloire. Elle remontait aux temps mérovingiens. Située rue de la Barillerie, en face du Palais, elle fut l'église ou la paroisse de celui-ci jusqu'à l'érection de la Sainte-Chapelle. Elle s'écroula en 1787 et n'a pas été relevée.

[27] D'après Méon, ce serait l'église de Sainte-Croix en la Cité, mise plus tard sous l'invocation de saint Mathieu. Nous en doutons fort et ne voyons pas d'église Saint-Mathieu à Paris. Sainte-Croix en la cité est mentionnée plus haut (v. 35).

[28] Aux coulons, c'est-à-dire aux pigeons ; cette expression ne se trouve pas ailleurs. C'était une petite église située en face de la cathédrale et appartenant, au xIIᵉ siècle, à l'abbaye de Sainte-Geneviève ; on l'appelait Sainte-Geneviève-la-Petite. Depuis le commencement du xvIᵉ siècle, elle prit le nom de Sainte-Geneviève-des-Ardents, par suite d'une pieuse fraude du curé qui répandit une tradition suivant la-

Et vous Saint Jehan li roons [29].
Sainte Marine l'abeesse [30],
Li saint de la chapele Evesque [31]
Et l'Ostel-Dieu [32] *i vueil-je metre;*
Je ne m'en vueil mie demetre.   30
Saint Pierre aus bues [33] *et Saint Landris* [34]

---

quelle une foule de personnes y auraient trouvé, en 1130, la guérison d'une sorte de peste nommée mal des ardents. Origine inconnue.

[29] Saint-Jean-le-Rond ; baptistère de forme circulaire dépendant de Notre-Dame et adossé à la tour méridionale de cette église ; il fut démoli en 1748.

[30] Sainte-Marine (impasse Sainte-Marine, n° 6) était la plus petite paroisse de Paris ; cette paroisse ne s'étendait que sur treize maisons de la Cité. Elle est devenue propriété privée depuis la Révolution.

[31] Chapelle de l'archevêché.

[32] On fait remonter la fondation de l'Hôtel-Dieu à saint Landri, évêque de Paris, et au dévouement dont ce prélat fut animé pendant une famine qui désolait la ville en l'année 651.

[33] Saint-Pierre-aux-Bœufs, très-petite église construite entre 1107 et 1136 (rue d'Arcole, n° 15). Ce fut, pendant un temps, la paroisse de la confrérie des bouchers, et l'on remarquait deux têtes de bœufs sculptées sur son portail. Elle a été démolie en 1837, sauf le portail que l'on a transporté à l'entrée principale de Saint-Séverin.

[34] Avant le xe siècle c'était une chapelle de Saint-Nicolas dont l'origine est inconnue. Elle a été détruite en 1829, et on a découvert alors dans ses fondations des sculptures gallo-romaines.

Et Saint Denis du Pas [35] *ausis*
Et de la Chartre Saint Denis [36],
Saint Macias [37] *et Saint Liefrois* [38],
La Magdeleine et Sainte Crois   35
Et Saint Michiel et Sainte Crois
Li saint de la chapele au rois. [39]
Et Saint Germain li auçoirrois [40]

---

[35] Saint-Denys et Saint-Jean-Baptiste, petite église bâtie contre le chevet de Notre-Dame à une époque incertaine, mais avant le IXe siècle. Les mots *du pas* viennent probablement de sa situation à l'endroit où les deux bras de la Seine se joignent par un étroit passage. Démolie pendant la Révolution.

[36] De la chartre, c'est-à-dire de la prison. Sous la première race, il y avait une prison dans le voisinage, et l'on croit que cette église remonte jusque-là. On l'a rasée pour faire le quai aux Fleurs, en 1810.

[37] Probablement Saint-Martial, église et primitivement monastère fondé par saint Éloi en 632 ou 635 (rue Saint-Éloi, dans la Cité) ; supprimée et détruite en 1715. Guillebert de Metz (p. 52) écrit Saint-Massias. Voy. ci-ap. p. 30.

[38] La chapelle Saint-Leufroy existait probablement dès la fin du IXe siècle, mais on ne la trouve citée dans les documents qu'au XIIe ; elle fut détruite en 1684 pour l'agrandissement des prisons du grand châtelet, auquel elle était contiguë.

[39] La Sainte-Chapelle construite par saint Louis, de 1240 à 1248, sur l'emplacement de la chapelle du Palais fondée, vers l'an 1030, par le roi Robert, et dédiée à saint Nicolas.

[40] L'origine de Saint-Germain-l'Auxerrois remonte à la première moitié du VIIe siècle.

Et Saint Thomas de Lovre [41] *ausi*
Et Saint Nicholas [42] *de lez li,*   40
Et Saint Honoré aus porciaus [43]
Et Saint Huistace de Champiaus [44]
Et Saint Ladre li bons mesiaus [45],

---

[41] Collégiale fondée près du Louvre par Robert de Dreux, frère de Louis VII, vers 1180. On reconstruisait l'édifice, qui menaçait ruine, lorsqu'il s'écroula, en 1739, causant la mort de plusieurs personnes. On le reconstruisit, de 1740 à 1744, sous le titre de Saint-Louis-du-Louvre. Cette église fut affectée pendant la révolution au culte protestant, puis démolie à moitié. Ces ruines fraîches, qui ne manquaient pas d'élégance, viennent de faire place aux grandes constructions du Louvre actuel.

[42] Chapelle fondée en 1217, entre Saint-Thomas-du-Louvre et la Seine ; c'est d'elle que cette partie de la rivière a pris le nom de port Saint-Nicolas. Supprimée en 1740, elle fut détruite avant la Révolution.

[43] En 1204, un boulanger et sa femme donnèrent quelques arpents de terre en un endroit appelé la Place aux Pourceaux, pour la construction d'une chapelle. Au XVIIIe siècle, c'était, grâce à sa position dans un quartier populeux (rue Saint-Honoré, nos 198-206), la plus riche collégiale de Paris. Détruite en 1792.—Saint Honoré est le patron des boulangers.

[44] Une chapelle de Sainte-Agnès fondée en 1200 fut remplacée, vers 1222, par l'église paroissiale de Saint-Eustache, qui fut reconstruite en 1532. Les Champeaux sont les terrains des Halles.

[45] Saint-Lazare-le-bon-Lépreux (rue du Faubourg-Saint-

Saint Leu Saint Giles li noviaus[46],
Et li bon saint des Filles Dieu [47]   45
Et Saint Magloire [48] *n'en eschieu.*
Et la Trinité aus asniers [49]
Li saint du moustier aus Templiers [50]

Denis, 107). Le plus ancien titre qui fasse mention de l'hôpital de Saint-Lazare ou Saint-Ladre est de 1110. L'église a
été démolie vers 1823.

[46] Saint-Leu-et-Saint-Gilles (rue Saint-Denis, 182-184),
fondé en 1235. *Nouveau*, par opposition au St-Leu du v. 60.

[47] Couvent de filles repenties, fondé en 1226. On a bâti
sur son emplacement, en 1798, la rue et le passage du Caire.

[48] Primitivement chapelle dédiée à saint Georges (à l'angle
des rues Saint-Denys et Saint-Magloire). Elle existait au
Xe siècle; on y apporta, en 965, des reliques de saint Magloire. En 1138, elle fut rebâtie par des religieux de Saint-
Barthélemi et Saint-Magloire qui s'établirent auprès, et elle
garda ce dernier nom. Ces religieux furent transférés, en
1580, à l'hôpital Saint-Jacques-du-Haut-Pas, et remplacés à
Saint-Magloire par les Filles-pénitentes. L'église Saint-Magloire a été démolie pendant la Révolution.

[49] Hôpital fondé en 1202 (rue Grenetat, 38-40). Les religieux hospitaliers de la Trinité étaient appelés Frères-aux-
ânes, à cause de leur usage de ne voyager ni à cheval ni à
mulet, par humilité. L'église a été démolie en 1817.

[50] Dès le commencement du XVIIIe siècle, le Temple subit
des démolitions et des reconstructions partielles qui about-
irent, en 1848, à une destruction complète. L'église était
sous l'invocation de saint Jean.

Et cil du val des Escoliers [51].
Et Saint Lorens [52] *qui fu rostis,*   50
Saint Salerne [53] *qui fu trahis,*
Saint Martin des chans [54] *n'i oubli*
Ne Saint Nicholas [55] *delez li.*
Saint Pol [56] *et Saint Antoine* [57] *i met*
Et toz les bons sains de Namet [58].   55

---

[51] Ou prieuré de Sainte-Catherine-de-la-Culture (rue Saint-Antoine) fondé en 1229. Démoli, ainsi que l'église, en 1793, pour faire place à un marché.

[52] Église mentionnée dans les textes dès les années 710 et 583; elle a été entièrement rebâtie au xve siècle (rue du Faubourg-Saint-Martin, 123).

[53] On ne peut dire au juste quelle était cette église. On présume que c'était celle de la Villette (Méon)

[54] Prieuré célèbre qui existait déjà au viie siècle. L'église, plusieurs fois rebâtie, a été supprimée en 1790, et ce bâtiment sert aujourd'hui comme salle d'exposition pour les machines au Conservatoire des arts et métiers.

[55] Église fondée vers 1110 (rue Saint-Martin, 200-202), reconstruite en 1420, puis en 1525 et 1575.

[56] Cette église, fondée au viie siècle (quai Saint-Paul), mais qui avait été rebâtie plusieurs fois, a été démolie au commencement de notre siècle. Son titre a été transporté à l'église Saint-Louis (rue Saint-Antoine), appelée depuis Saint-Louis et Saint-Paul.

[57] Abbaye de Saint-Antoine-des-Champs (aujourd'hui hôpital Saint-Antoine), fondée à la fin du xiie siècle pour des pécheresses repenties. L'église a été reconstruite en 1770.

[58] On ne sait point ce que signifie ce vers.

DE PARIS EN 1270.   21

Saint Jehan [59], *Saint Gervais en grève* [60]
Et Saint Bon [61] *ou l'en fiert en clève.*
Et si i sera Saint Bernars [62],
Le moustier des frères aus sas [63];
Et si i sera saint Remis [64],   60

---

[59] Saint-Jean-en-Grève, baptistère de Saint-Gervais, érigé en paroisse, en 1212. Elle touchait l'Hôtel-de-Ville. Détruite pendant la révolution, ses derniers vestiges ont disparu dans l'agrandissement de l'Hôtel-de-Ville, en 1838.

[60] Il y avait une chapelle de Saint-Gervais et Saint-Protais, dès le VI⁰ siècle, à Paris. On croit que c'est la même que l'église actuelle de Saint-Gervais, qui n'est connue par les titres qu'aux X⁰ et XI⁰ siècles.

[61] Chapelle (rue Saint-Bon, 8) mentionnée pour la première fois, en 1136, et détruite pendant la Révolution. Il paraît qu'on y entendait battre l'enclume, c'est-à-dire qu'il y avait des maréchaux dans le voisinage (Méon).

[62] Le collège des Bernardins, fondé en 1244 (quai Saint-Bernard), détruit pendant la Révolution.

[63] Les Frères mendiants de la pénitence de Jésus-Christ, appelés par le peuple Sachets ou Frères-aux-Sacs, à cause de la forme de leur grossier vêtement, furent institués à Paris, en 1261, au lieu où ils furent remplacés, en 1293, par les Grands-Augustins. Cette substitution donna lieu à un procès entre les Sachets, dont l'ordre avait été supprimé en 1274, et les Augustins qui voulaient s'emparer de leur habitation. La manière dont l'auteur s'exprime à ce sujet donne lieu de croire qu'il écrivait à une époque où les Sachets n'étaient pas encore menacés.

[64] Saint Remy était le patron de la chapelle des Quinze-Vingts. Voy. la note suivante.

Le moustier aux Quinze vingt [65]
Et Saint Leu [66] *que je n'oubli mie,*
La novele ordre de la Pie
Qui sont en la Bretonerie [67],
Saint Giosses [68] *et Saint Merri* [69]   65

---

[65] Hôpital fondé par saint Louis, en 1254 (à l'angle des rues Saint-Honoré et Saint-Nicaise, pour recueillir *trois cents* pauvres aveugles, d'où leur est venu le nom des Quinze-vingts. Le ms porte distinctement : Dix-sept vingt (xvii^vx), ce qui paraît être une erreur de copiste. En 1779, les Quinze-Vingts, alors au nombre de huit cents, furent transférés rue de Charenton, 38. Les anciens bâtiments, y compris la chapelle dédiée à saint Remy, et bâtie en 1260, furent démolis à cette époque.

[66] Petite cure qui, en 1618, fut réunie à Saint-Symphorien en la Cité.

[67] Les frères de l'ordre de la Sainte-Croix, établis par saint Louis, à Paris (rue Sainte-Croix-de-la-Bretonnerie, 39 et 41), vers 1250-1260. L'église, qu'on attribuait à l'architecte de la Sainte-Chapelle, et le couvent, ont été démolis en 1790.

[68] Saint-Josse. C'était une chapelle dont on ignore l'origine, mais qui existait sous Philippe-Auguste, et fut érigée en paroisse, en 1260. Démolie en 1791. Elle était située à l'angle des rues Aubry-le-Boucher et Quincampoix.

[69] Église déjà célèbre à la fin du ixe siècle, et mentionnée dans un acte, dès l'an 820. C'était, originairement, une chapelle dédiée à saint Pierre, qui existait dès le viie siècle, et où saint Merry avait été enterré, vers l'an 700. Elle a été rebâtie au commencement du xiiie siècle, puis de 1530 à 1612.

Et Sainte Katherine [70] *ausi.*
Saint Innocent aus bons martirs [71].
Saint Jacque de la boucherie [72].
Sainte Oportune [73] *bone amie.*
Aidiez de bon cuer et d'entier   70
A toz cels qui en ont mestier.

  Amen.

---

[70] Asile de pèlerins, fondé d'abord sous le titre d'Hôpital des pauvres de Sainte-Opportune. On le trouve cité, pour la première fois, dans un acte de 1188. Démoli pendant la Révolution (rue Saint-Denis, 53-55).

[71] Eglise fondée vers le milieu du xiie siècle (à l'angle des rues aux Fers et Saint-Denis ; elle fut démolie en 1786.

[72] On ne connaît pas son origine; on sait seulement qu'elle existait en 1119 et qu'elle était, au xive siècle, la paroisse des bouchers de Paris. Elle fut démolie pendant la Révolution, sauf la tour qui, achetée en 1838 par la ville de Paris, vient d'être complétement restaurée.

[73] C'était une chapelle qu'on croit fondée au ixe siècle, et qui devint paroisse vers la fin du xiie. Elle fut démolie en 1797. La maison place Sainte-Opportune 10, occupe une partie de son emplacement.

II

EGLISES ET MONASTERES DE PARIS
ᴇɴ 1325.

ous avons heuréusement, pour la pièce de vers qui suit, comme nous avons eu pour la précédente et plus sûrement encore, le moyen de déterminer à quelle époque elle fut écrite. Ce moyen nous est fourni par les paroles de l'auteur sur l'église Saint-Jacques-de-l'Hôpital. Il en parle à deux reprises ; la première fois (aux vers 197-202) pour dire que les pèlerins de Saint-Jacques l'ont *fondée et jurée* et qu'elle *sera* fort belle; la seconde fois (v. 289-292), pour s'excuser de ce qu'il a mentionné cet édifice parmi des églises où le culte est public, tandis que les confrères de Saint-Jacques ne font

dire l'office que pour les membres de leur confrérie, et il ajoute que c'est un monument construit
de *la veille*. Or on sait d'ailleurs que Saint-Jacques-de-l'Hôpital avait été commencé en 1319,
que Jean de Marigny, évêque de Beauvais, y dit
la première messe le dimanche 18 mars 1323, et
que la dédicace en fut solennellement célébrée
par le même prélat en l'année 1327. Ces données
ne sont en rien contredites par le reste du document, et dès lors il est permis d'en déduire sans
crainte qu'on était aux environs de l'année 1325
lorsque notre auteur écrivait.

Ce versificateur a composé d'autres écrits, ou du
moins un autre écrit dans lequel il était déjà question d'églises, car il commence par rappeler cet
ouvrage. On pourrait être tenté par cette circon-
stance de se demander si ce ne serait pas le même
qui avait déjà fait, à cinquante ans à peu près de
distance, le Dit des Moustiers ; mais la différence
de langage entre les deux pièces nous paraît trop
grande pour qu'elles puissent être sorties toutes
deux de la même plume.

Celle de 1325 est conservée dans le manuscrit
suppl. fr., n° 1132 de la Bibliothèque impériale,
au f° 118-119 v°. Elle est d'une belle écriture du
xive siècle qui ne laisse place à aucun doute, si ce
n'est que cinq ou six vers manquent, parce qu'on
a rogné au ciseau le bas des pages. Plusieurs

églises qui s'y trouvaient inscrites peuvent donc nous échapper ; en effet, on n'y voit pas figurer Saint-Landry ni Saint-Antoine. Il y manque aussi d'autres maisons qui devinrent célèbres depuis, mais qui n'avaient probablement pas d'importance au temps de notre auteur. Cependant, au lieu des 88 monuments qu'il annonce, on en compte en réalité 92. Cette différence provient ou de ce qu'il était peu attentif, ou de ce qu'il retoucha ses vers et y fit des intercalations ; mais quelle qu'elle soit, la cause de cette inexactitude ne mérite pas de nous arrêter plus longtemps.

> Pour ce que j'ai fet mencion
> Des églises, où dévocion
> Est plus monstrée qu'en autre lieu.
> Quar la repose li cors Dieu,
> Des monstiers qui à Paris sont   5.
> Et de quiex sains il feste font
> Les biens vous dirai et le nombre
> S'a nombrer Sathan ne m'encombre.
> Un gentil homme m'otroia — Quidam (sic)
> Son hostel et si me proia   10
> Que je pour s'amour tant féisse
> Que trestous les monstiers méisse
> De Paris, en rime et en dit.
> Isnelement, sans contredit.
> Pour l'amour de lui m'entremis.   15

Si les ai tous en rime mis.
J'ay commencié a Nostre-Dame
Qui nous sauve et gart cors et ame,
Pour ce que c'est la mere esglise
De Paris; apres, de ma guise,　　　　　　　　20
Pres le monstier Saint-Johan le ront :
Entre euz deuz n'a ne val ne mont.
Et apres Saint-Denis-du-Pas,
Ne Saint-Aignien [1] n'oubli-je pas,
Et puis la chapele as noctaires　　　　　　　25
Ou il repaire mains vicaires,
Et puis apres la Maison-Dieu
De Paris, ou a digne lieu.
En rue noive pas ne grieve
Le monstier Sainte-Genevieve　　　　　　　30
La Petite, que je ne faille :
Devant celle esglise sans faille
Vent-on chapons, gelines, cos,
Perdris, plouviers et widecos.
Apres, le monstier Saint-Christofle　　　　　35
Qui de l'amour Dieu fist son coffre,
Quant le porta outre la mer;
Servir le devons et amer :
Entour vent on fourmages, œfs.
Pres d'ilec siet Saint-Pierre-as-Buefz　　　40

---

[1] Fondée en 1118. Elle était entourée de bâtiments qui la cachaient aux yeux. Démolie vers 1795, et remplacée par une maison particulière (rue Chanoinesse, 22). — La Chapelle-aux-Notairès, consacrée à saint Didier, se trouvait au Châtelet.

Et le monstier Sainte-Marine
Qui ne siet pas sur la marine,
C'est veritez que je vous di.
V .   .   .   .
Et puis apres la Magdalainne [2]   45
Qui vers Dieu ne fu pas vilainne
De ses larmes ses piez lava,
De ses pechiez Dieu la lava :
Aussi nous veille il pardonner
Les nos, et sa grace donner!   50
Folz est qui sa grace n'achate.
Apres, Saint-Denis-de-la-Chartre ,
Apres est Saint-Symphorien,
En une place séant bien
Ou bout de la Peleterie.   55
Devant fait on boulengerie.
Et ou bout de la rue aus Fevres,
Ou il demeure pou d'orfevres
Qui facent calices ne crois,
La siet le monstier Sainte-Crois [3].   60
Apres, Saint-Pierre-des Arsis [4],

---

[2] Fondée en 1140 et, jusque vers le XIIIe siècle, à ce que l'on croit, placée sous l'invocation de saint Nicolas. On croit aussi qu'avant 1140 c'était une synagogue. Elle a été détruite en 1789 (située rue de la Juiverie, 5).

[3] Sainte-Croix-en-la-Cité. On ignore son origine; mais elle existait, comme chapelle, dès le commencement du XIIe siècle. Elle a été démolie en 1797; son emplacement était rue de la Vieille-Draperie, 6.

[4] On conjecture que cette église (rue de la Vieille-Dra-

Entre les drapiers est assiz ;
Et Saint-Mathyas siet apres
Qui des savetiers est bien pres :
Plusieurs sont si paroissien   65
Que c'est un monstier ancien.
Et Saint-Germain, que que nus dic,
Le-viel, siet pres de l'Orberie [5]*.*
Et puis le monstier Saint-Michiel [6]
Qui nous conduise tous ou ciel !   70
Puis le monstier a un cors sain
Saint Eloy [7]*, ou malade et sain*

---

perie) fut fondée en 926, par Théodore, vicomte de Paris, sur les ruines d'une chapelle placée sous la même invocation. On n'a rien trouvé de satisfaisant pour expliquer son nom d'Arcis (de *Arcesiis, Assisiis, Arsiciis, Arsis*). Incendiée et rebâtie en 1034; puis rebâtie en 1424; démolie enfin en 1800.

[5] L'Herberie, qui devint en 1557 le Marché-Neuf.

[6] Guillebert de Metz (p. 53) cite l'église Saint-Michel de la Cité. Elle faisait partie du Palais.

[7] Abbaye de femmes, fondée vers 632-635, par saint Éloi, sous l'invocation de saint Martial, qui fut changée, après lui, en Saint-Martial et Saint-Éloi. Elle paraît avoir aussi porté les noms de Saint-Martial et de Sainte-Aure, Saint-Martial et Sainte-Valère ; mais dès 871, elle n'était connue que sous le nom de Saint-Éloi. L'abbaye fut supprimée en 1530, et son église transformée en une église paroissiale (rue Saint-Éloi) qui devint, en 1629, l'église des Barnabites. Ceux-ci la reconstruisirent en 1640. Démolie.

Vont souvent nus piez et deschaus,
Qu'il est mires et mareschaus
De mainte cruel maladie :   75
Ne croy que nul nus mal en die.
Pres d'ilec siet une chapelle
Qui moult est digne et riche et bele ;
C'est la Chapele nostre roy,
Ou de biauté a grant arroy   80
Et de richesse ; y a grant masse
De reliques en une chasse,
As quiex l'en doit porter honneur
Pour l'amour de nostre Seignieur :
Sa crois, sa coronne et li cleu   85
Laiens sont mis en noble lieu,
Et si i sert-on noblement Dieu.
[Après est saint Bartholomieu] [8]
Qui siet devant le grant palais,
Mès chéus [9] *est, donc est plus lais :*   90
C'est veritez que vous despont.
Or m'en iray outre le pont
Pour des autres monstiers trouver,
Que l'en ne puisse reprouver,
Quar s'en mon dit faille de rien,   95
Premiers trouverez Saint-Julien
Le Povre, et bien ai regardé
Que maint compagnon a gardé
De mort (ce n'est pas mesprison)

---

[8] Ce vers manque. Les détails fournis par les vers suivants et le besoin de la rime nous permettent cette restitution.

[9] Elle était donc écroulée vers 1325 ; on l'ignorait.

Et d'estre en vilainne prison :   *100*
Il les herberge et si les tence,
De herbergier a la poissance.
Et puis la chapele Saint-Blaive
Qui pour Dieu morut a grant glaive.
Apres oublier ne doy mie   105
Saint-Sevrin, pour la ferperie
Qui est achetée et vendue
En son quarrefour ; est tenue
De plusieurs manieres de gent.
Qui s'en chevissent bel et gent: 110
Apres est Saint-Andrieu-des-Ars,
Ou mainte dame de leur ars
Ont maintes fois lancié et trait,
Et maint homme a eulz atrait.
Apres i r'est Saint-Augustin   115
Ou l'en parole bien latin.
A Saint-Germain-des-Prés m'en vois
Ou l'en sert Dieu a haute vois.
Apres est Saint-Martin-des-Orges [10],
Et puis apres i est Saint-Georges ;   120
Apres, Saint-Pere-du-Sablon [11]

---

[10] Il s'agit, probablement , de la petite église de Saint-Martin (rue des Francs-Bourgeois), près Saint-Marcel, dont elle dépendait. Elle est mentionnée dans un chroniqueur, dès 1129. On la reconstruisit en 1544, et elle a été démolie en 1808. Son surnom *des Orges* n'était pas connu, croyons-nous, jusqu'ici.

[11] Vraisemblablement la petite église de Saint-Pierre ou

Et Saint-Soupplis [12] y asamblon
Et puis apres les Cordeliers :
De bon vin boivent volentiers.
Saint-Cosme et Saint-Damien,   125
Cy duy furent sirurgien
Et mires a Dieu nostre pere ;
Qui ce ne croit, il le compere.
Et puis apres Saint-Matelin ;
Sus coutes et en draps de lin   130
Chainoigne nuit [13] maint povre couche

. . . .

De Dieu soient tel gent benoit.
Apres, le monstier Saint-Benoit
C'on apele le Bettourné ;   135
D'ilec tantost m'en retourné
Au monstier des Hopitaliers
Que n'oublie pas volentiers.
Saint-Hylaire est un pou avant :
Sainte-Genevieve-la-Grant   140
Y est, ou a riche abbaye.
Puis ay ma voie envaïe,

Saint-Père, qui passe pour avoir été fondée par saint Germain lui-même (VIIᵉ siècle), auprès de l'abbaye de Saint-
Germain-des-Prés, et pour avoir été transportée, au XIIIᵉ siècle, à la place occupée maintenant par la chapelle de l'hôpital de la Charité. C'est d'elle que la rue des Saints Pères,
par corruption de Saint-Père, a pris son nom.

[12] Saint-Sulpice était déjà paroisse en 1210.

[13] Lisez chacune (chaiscoigne) nuit.

S'ay trouvé un monstier noblet
Que fist le cardounar Cholet [14];
Saint-Symphorien le petit   145
Si siet au dessous un petit.
En la terre Saint-Pierre ou Mont
Li Navarrois [15] nuef moustier ont;
Carmelite logié se sont
Un pou aval; la moustier font.   150
Apres, Saint-Estienne-des-Grez,
Qui de Dieu servir fu engrez.
Devant siéent li Jacobin
Qui par païs vont bin et bin;
Chapele y a de Saint-Andrieu   155
Qui fu moult grant ami de Dieu.
D'ilec alay a Nostre-Dame
Des-Champs; moignes, par m'ame!
D'ilec au monstier Saint-Marciau,
Qui siet pres d'un petit ruissiau,   160

---

[14] Ce collége fut construit en 1291-1295. Sa chapelle fut celle de Saint-Symphorien, située en face, jusqu'en 1504, où l'on construisit, dans le collége même, une chapelle de Sainte-Cécile. Les bâtiments du collége, fondé par le cardinal Cholet, étaient situés sur le terrain qu'occupe aujourd'hui le jardin du lycée Louis le Grand. On a achevé de les raser en 1823.

[15] Le collége de Navarre, fondé par Jeanne, femme de Philippe le Bel, et bâti de 1309 à 1315. Sur son emplacement sont situés les bâtiments de l'École polytechnique.

Saint-Martin et Saint-Ypolite [16] :
Ceus ai-je bien pris a eslite.
D'ilec ving au moustier Saint-Marc [17] ;
Puis a la traitie d'un arc
Est Saint-Victor moult bien séans;   165
Puis li monstiers des Bons-Enfans [18] :
Puis la chapele aus Moinnios :
Demourer la plus je n'i os.
Saint-Bernart oublier ne doy,
Saint-Nicholas-du-Chardonnay,   170
Puis apres la Sourbonnerie [19]
Que je ne doy oublier mie.
Puis m'en reving tout sans effroy
Droit au monstier de Saint-Lieffroy [20],
Et a Saint-Germain-l'Aucerrois.   175

. . . .

---

[16] Son origine est inconnue, mais elle existait en 1158.
On ne lui connaissait pas, jusqu'à présent, l'invocation de
Saint-Martin. Elle a été démolie pendant la révolution et
son emplacement a été occupé ensuite par la maison rue
Saint-Hippolyte, 8.

[17] Probablement Saint-Médard.

[18] Etablissement dont l'origine est inconnue. Il paraît remonter à la première moitié du xiiie siècle; sa chapelle
était sous l'invocation de Saint-Firmin. Il fut donné, en
1625, à la congrégation de la Mission (rue Saint-Victor, 68).

[19] La Sorbonne, fondée vers 1256 par Robert de Sorbon.
L'église actuelle de Sorbonne fut bâtie de 1633 à 1653.

[20] Ici l'auteur passe de la rive gauche à la rive droite de
la Seine.

D'ilcques a Saint-Nicholas
Du-Louvre, et a Saint-Thomas,
Et puis apres je m'en revins
Par le monstier des Quinze-Vins   180
Et au monstier Saint-Honnouré,
Ou de bon cuer Dieu ai ouré.
D'ilec m'en ving a Saint-Huitasse,
Pres des hales, en digne place,
Et d'ilec a Saint-Innocent,   185
Ou gist maint cors d'omme innocent,
Et apres a Sainte-Oportune :
De clous guerit et d'apostume;
Et puis a Sainte-Katherine
Qui vierge fu pure enterine;   190
Puis le monstier de Saint-Magloire
Qui ama Dieu le roy de gloire
Et assez pres de icel lieu
Est le sepulcre Dame-Dieu [21].
Puis a Saint-Leu et a Saint-Gile   195
Aussi voirs est comm'Euvangile,
Et si vous di qu'a l'oposite
L'esglise de Saint-Jaques est ditte [22]

---

[21] L'église et la confrérie du Saint-Sépulcre. La première pierre de l'église fut posée le 18 mai 1326. Ces bâtiments, qui avaient été refaits de 1526 à 1655, ont fait place, durant la Révolution, à la cour Batave (rue Saint-Denis, 124).

[22] Église commencée en 1317 et dédiée en 1327. Elle fut d'abord particulière aux membres de la confrérie des pélerins revenus de Saint-Jacques de Compostelle. C'est ce

Que les confreres ont fondée
Par grant devocion jurée   200
Sus la grant rue fondé l'ont ;
Certes moult biau séant resont [23].
Li monstiers de la Trinité
Ou le Seignieur de majesté
Est bien servi a grant honneur.   205
Devant lui r'est Saint-Sauvéeur
Et les Filles-Dieu sont après.
Saint-Ladres en est assez pres.
Puis m'en reving a Saint-Lorens ;
De cheminer ne fui pas lens ;   210
Puis a Saint-Nicholas-des-Chans
Puis a Saint-Martin où de chans
Servent li moigne Jhesucris.
Au Temple ving, pas ne mespris,
Et puis apres as Blans-Mantiaus [24]   215

---

que disent les historiens de Paris, et ce qui se trouve ré-
pété dans les derniers vers de notre pièce. Située à l'angle
des rues Saint-Denys et Mauconseil.

[23] On voit qu'il s'agit, dans ce passage, d'un édifice qui
n'est que *juré* et *fondé*, mais qui n'est pas encore construit; ce
que confirment encore les vers 289 et 290 ci-après. Au lieu
de *resont* peut-être faut-il lire *seront* : « Dans leur nou-
velle église, les confrères seront très-bellement assis. »

[24] Les serfs de la vierge Marie, appelés Blancs-Manteaux
à cause de leur costume, s'établirent à Paris, en 1258 (rue
des Blancs-Manteaux, 12-16, et rue de Paradis). Ils furent
remplacés, en 1297, par les Guillemites, et ceux-ci, en
1618, par les Bénédictins, sans que le nom populaire de

Ou l'en essuie a grans monciaux
Laine, et en la Bretonnerie,
A une petite abbaïe
Que l'en apele Sainte-Crois
Dont les freres metent les crois   220
Partie a blanc et a vermeil :
De ce, pas moult ne me merveil.
Puis siet apres une chapele [25]
Dediée par miracle bele
D'un Juïf qui en son ostel   225
Boulli le sacrement d'autel
Dont trouvez fu vermaus entiers [26].
Puis est li Vaus-des-Escoliers,
Puis est Saint-Pol, puis Nostre-Dame [27]

Blancs-Manteaux pût s'effacer. Le monastère a été supprimé en 1790; mais l'église est restée. Elle a été reconstruite en 1685.

[25] Cette chapelle est aujourd'hui l'église des Billettes. Le sacrilége commis par un juif de la rue des Jardins (plus tard, des Billettes) eut lieu en 1291. La maison du coupable fit place, en 1294, à une Chapelle-des-Miracles, et peu d'années après, il s'y établit un monastère d'Hospitaliers de la Charité de Notre-Dame. Ces derniers, fort appauvris, cédèrent leur établissement aux Carmes de Rennes, en 1631. Depuis 1812, l'église est convertie en un temple et le couvent en une école pour les protestants luthériens.

[26] L'hostie fut trouvée entière, mais vermeille, c'est-à-dire ensanglantée.

[27] Notre-Dame-du-Mont-Carmel fut d'abord une chapelle établie en 1229, sur le bord de la Seine, au lieu où furent

Du carme; bien scevent leur game :   230
Il ont pris leur lieu et leur estre,
Ou li Barré souloient estre,
Et d'ilecques r'aler s'en sont
Sous Sainte-Genevieve-ou-Mont.
Apres, a joignant de la porte   235
De Barbel, a une grant porte,
A un ostel de bonne gent,
Ou il a monstier bel et gent,
Beguines ²⁸ et preudefames,
Le los eschivent des diffames   240
Et les pechiez ors et mauves.
D'ileuc m'en ving a Saint-Gervés
Ou il a gracieus monstier
Pres de la porte Baudoier.
Dessous est Saint-Jehan-de-Greve.   245

---

depuis les Célestins, par six religieux carmes ramenés de Palestine par saint Louis. En 1309, les Carmes se transportèrent rue de la Montagne-Sainte-Geneviève et réédifièrent, d'une manière splendide, leur église ; elle a été démolie en 1812. On croit que les Carmes portaient primitivement le nom populaire de *Barrés* (resté à une rue du Marais), à cause de leurs manteaux rayés ; mais notre auteur les distingue très-nettement.

²⁸ Communauté fondée par saint Louis, en 1264 (rue des Barrés, 24), près la porte Barbette. En 1480, Louis XI donna cette maison aux sœurs du tiers-ordre de Saint-François et lui donna le nom d'*Ave-Maria*, en l'honneur de la Vierge. Le monastère, supprimé en 1790, est depuis lors une caserne.

Li uns a l'autre rien ne greve.
Un pou apres icelle esglise,
Une chapele y-est assize,
Que fist faire uns riches hom ;
Estienne Baudris [29] *ot a non.*   250
Prestres et clers il y a mis
Qui pour lui et pour ses amis
Sont ordenez a Dieu servir
Qu'il puissent s'amour desservir
Preudons fu cil, avoir ot bon.   255
D'ileuc ving au monstier Saint-Bon
Et de Saint-Bon a Saint-Marri,
La n'oi je pas le cuer marri :
Saint Pere et saint Lenart ensemble
Y sont aouré, ce me samble.   260
En la rue Aubri-le-Bouchier,
A un monstier que moult ai chier :
Saint-Josse oublier ne voeil.
. . . nommer vous voeil
Avant ce que ma bouche lie   265
Saint-Jaques-de-la-Boucherie.
Tous les monstiers vous ai nommé
De Paris, sans nul mesnonmé,
Plus n'en y say, ce m'est avis,
Que bien y ay mis mon avis.   270
Je ne voeil pas mettre en mon conte

---

29 Il veut dire Etienne Haudri qui fonda, en 1306, la chapelle et l'hôpital dont les sœurs furent, plus tard, appelées Haudriettes.

Chapeles aus dus et aus contes
Ne a bourgois ne aus evesques.
N'a abbez, ne u archevesques.
Je n'i mes que ceus proprement   275
Ou toute gent communement
Puet le digne service oïr
Dieu, dont on se doit esjoïr
Et Dieu et sa mere proier
Chascun pour son cuer supploier   280
Vers Jhesuscrist de leur tors fais
Et des pechiez que il ont fais.
Touz les autres ai arriere mis
Mes ceuls ci ai je en rime mis :
Donc tous ensumble les vous nomme   285
Quatre vins et huit par droit nombre
Il n'en y a ne mains ne plus
Se ce ne sont monstiers repus.
Fors le Saint-Jaques monstier
Qui de nouvel fu fait l'austrier [30]   290
Ou nul ne va ne ne repaire
Fors que cilz qui lez ont fait faire.
Mes li autre sont de autre guise
Qui sont conmun au Dieu servise.
De grand leur vint devocion   295
D'amour et de dilection
Qu'a Dieu et à sa mere avoient
Quant tant moutiers ediffioient.
Il amoient Dieu de cuer fin

[30] L'autre-hier, tout recemment. Voyez ci-dessus, vers
198.

Et pour ce en ont louier sans fin ;   300
C'est la joie qui tous jours dure
A li desirrer met ta cure.
Jhesus nous en doint le vouloir
Qui du donner a le povoir ;
A ce nous aist dame Marie
Qui tous nous gart de vilennie.   306

AMEN

III

DOCUMENT INEDIT DU IXE SIECLE

ous avons annoncé plus haut (p. 4) le mérite et le défaut du plus ancien de nos textes. Il forme une notice, écrite au ixe siècle, des terres possédées à Paris par l'abbaye de Saint-Maur, alors appelée Saint-Pierre-des–Fossés. Chaque terrain ou area est exactement mesuré et délimité sur ses quatre côtés et le nom de son tenancier est également indiqué ; mais tous ces détails réunis n'offrent pas de grands éclaircissements. En effet, le rédacteur de la notice rencontre partout pour confins soit une terre d'église (qu'il nomme sans nous dire si c'est un bien quelconque de la fabrique ou le ter-

ritoire de la paroisse), soit une rue qu'il désigne
seulement par les mots vides pour nous : *via publica*. Quatre fois seulement des particuliers se
présentent à lui comme voisins des terres de
Saint-Maur, deux fois un marché, quarante fois la
voie publique et quatre-vingt-dix fois divers monastères ou églises de Paris. Ces établissements
chrétiens ne sont cependant en somme qu'au
nombre de treize [1] ; mais le rédacteur rencontre
à chaque instant leurs domaines sur son chemin.
Ainsi leur étendue et leur richesse extraordinaires,
comparées à la faible place que tenait auprès d'eux
le reste des habitants de la ville, est un fait qui
ressort clairement de notre pièce. C'est une petite
statistique dont le résultat général est lumineux,
quelle que soit l'obscurité dans laquelle restent
les détails. Le volume où elle se trouve est une
bible du ixe siècle formant le no 3 des manuscrits
de l'ancien fonds latin de la Bibliothèque du roi,
aujourd'hui Bibliothèque impériale ; elle remplit
deux colonnes et demie d'un feuillet de garde de
ce précieux manuscrit.

---

[1] Saint-Pierre (c'est-à-dire Saint-Maur-des-Fossés), Saint-
Gervais, Saint-Julien-le-Pauvre, Notre-Dame, Sainte-Ge-
neviève-la-Grande (appelée alors Saint-Pierre), Saint-
George, Saint-Éloi, Saint-Denys, Saint-Germain-le-Vieil ou
l'Auxerrois, Saint-Christophe, Saint-Merri, Sainte-Geneviève-
la-Petite et Saint-Martin. Ils sont tous cités ci-dessus.

NOTITIA DE AREIS SANCTI PETRI FOSSATENSIS
MONASTERII QUE SUNT IN PARISII CIVITATE.

1. Prima area quam tenet Langaudus habet in longum pedes XL et in transversum pedes XXV. De uno latere terra Sancti Gervasii ; ab alio lateri et uno fronte terra Sancti Juliani. Habet exitum in via publica. Debet denarios IV, cum euloias.

2. Area quam tenet Ebruinus habet in longum pedes XC et in transverso pedes L. Habet in circuitum terra Sancti Gervasii et exitum in via publica. Debet denarios XX, cum [eulogiis].

3. Area quam tenet Adalfredus habet in longum pedes LXXVIII, in transverso pedes XXX ; de uno latere terra Sancta Maria ; de uno latere et uno fronte terra Sancti Gervasii ; habet exitum in via publica ; debet denarios III, cum eol [ogiis].

4. Area quam tenet Hildemannus habet in longum pedes L ; ab uno fronte pedes XLV ; ab alio fronte pedes XXV ; de uno latere terra Sancti Gervasii ; ab alio lateri terra Ingelberto ; de uno fronte terra Sancti Petri et Sancta Maria ; habet exitum in via publica ; debet denarios IIII cum eul [ogiis].

5. Area quam tenet Vuineboldus habet in longum pedes LXXVI semis ; de uno fronte pedes XV ; ab alio fronte pedes X ; de uno latus terra Sancti

Georgii; ab alio latus et uno fronte terra Sancti
Petri; habet exitum in via publica; debet denarios
VI, cum [eulogiis].

6. Area quam tenet Siemarus habet in longum
pedes XLVI; de uno fronte pedes XIII; ab alio
fronte pedes XI ; in circuitum terra Sancti Petri ;
habet exitum in via publica; debet denarios III,
cum eulog [iis].

7. Area quam tenet Vuarninga habet in longum
pedes LVI semis et palma; de uno fronte pedes XIII;
ab alio fronte similiter ; de uno latere et uno fronte
terra Sancti Petri ; ab alio latere et uno fronte via
publica; debet denarios IIII, cum [eulogiis].

8. Area quam tenet Aia habet in longum pedes
CL; de uno fronte pedes XVI et ab alio fronte
pedes XXXV ; de uno latere terra Sancti Eligii et
de alio latere terra Sancti Petri; de uno fronte
habet exitum in marcado et de alio fronte habet
exitum in via publica; debet denarios X, cum [eu-
logiis].

9. Area quam tenet Odoinus habet in longum
pedes CL ; de uno fronte pedes XLIII; ab alio
fronte pedes XIIII ; de uno latere terra Sancti Petri; de alio latere terra Sancti Eligii ; habet exitum
de uno fronte in marcado, de alio fronte in via
publica ; debet denarios XVIIII, cum [eulogiis].

10. Area quam tenet Tedulfus habet in longum
pedes XXXVI semis ; de uno fronte pedes XXX ; de

alio fronte similiter ; de uno latere et uno fronte via publica et ab alio latere et uno fronte terra Sancti Petri ; debet denarios XII, cum [eulogiis.]

11. Area quam tenet Bertarius habet in longum pedes LII ; de uno fronte pedes XXXIIII ; de alio fronte similiter ; de uno latere terra Sancti Gervasii et de alio latere terra Sancti Petri ; habet exitum in via publica. Debet denarios VIII, cum [eulogiis].

12. Area quam tenet Girboldus habet in longum pedes XXVI ; in transverso pedes XVIII ; de uno fronte via publica et in circuitum terra Sancti Petri. Debet denarios IIII, cum eul [ogiis].

13. Area quam tenet Tedulfus habet in longum pedes XXV ; et in transverso pedes XX ; et de uno latere terra Gundevoldi ; ab alio latere et uno fronte terra Sancti Petri ; alio fronte habet exitum in via publica. Debet denarios IIII, cum [eulogiis].

14. Item area quam tenet Tedulfus habet in longum pedes XCV, et in transverso pedes LX ; de uno fronte terra Gundevoldi ; et de uno latere terra Sancti Georgii ; ab alio latere et uno fronte via publica. Debet denarios IIII, cum [eulogiis].

15. Area quam tenet Frothardus habet in longum pedes L, et in transversum pedes X et semissem ; de uno latere terra Sancti Gervasii ; de alio latere terra Sancti Dyonisii ; de uno fronte terra

Sancti Germane; de alio fronte via publica. Debet denarios X, cum [eulogiis].

16. Area quam tenet Castelanus habet in longum pedes LV, et in transversum pedes XVII; de uno latere terra Sancti Germani; de alio latere similiter; de uno fronte terra Sancti Petri; habet exitum in via publica. Debet XII, cum [eulogiis].

17. Area quam tenet Otelbertus habet in longum pedes LV, et in transversum pedes XIIII; habet in circuitum terra Sancti Petri. Abet exitum in via publica. Debet solidos II, cum [eulogiis].

18. Area quam Huncbertus habet in longum pedes LV, et in transversum pedes XIII; de uno latere et uno fronte terra Sancti Petri; ab alio lateri terra Sancti Dionisii. Habet exitum in via publica. Debet denarios VI, cum [eulogiis].

19. Area quam redebet [1] Dominicus habet in longum pedes LII; de uno fronte pedes XVII; de alio fronte pedes XIIII; de uno latere terra Sancti Germane; de alio latere terra Sancti Dyonisii; de uno fronte terra Sancti Petri; de alio fronte via publica. Debet solidos II, cum [eulogiis].

20. Area quam tenet Petrus habet in longum pedes XXII, et in transverso pedes XII; de uno latere et uno fronte terra Sancta Maria; de alio

---

[1] Lecture douteuse. Peut-être y a-t-il tenet ou retenet.

latere terra Veirone; de alio fronte via publica.
Debet denarios X, cum [eulogiis].

21. Area quam tenet Aistulfus habet in longum
pedes LXXiiij; de uno fronte pedes XLV; de alio
fronte pedes XLVII; de uno latere et uno fronte
terra Sancti Germani; de alio latere terra Sancti
Petri; de alio fronte via publica. Debet denarios
XII, cum [eulogiis].

22. Area quam tenet Geroardus habet in longum pedes LII; de uno fronte pedes XXIIII; de
alio fronte pedes XXV; de uno latere et uno fronte
terra Sancti Germane; et de alio latere terra Sancti
Petri. Habet exitum in via publica. Debet denarios XII, cum [eulogiis].

23. Area quam tenet Tetaldus habet in longum
pedes XLII, et in transversum pedes XVII; de
uno latere et uno fronte via publica; de uno fronte
terra Sancti Cristofori; de alio latere terra Sancti
Petri, de alia potestate. Debet solidos II, cum [eu-
logiis].

24. Area indominicata habet in longum pedes
LII; de uno fronte pedes XX; de alio fronte pedes
XVII; de uno latere terra Sancti Germani, de uno
fronte terra Sancta Maria; de uno latere et uno
fronte via publica.

25. Area quam tenet Authadus habet in longum
pedes CCX; de uno fronte pedes LX; de alio fronte
similiter; de uno fronte via publica; habet in cir-

cuitum terra Sanctæ Germane. Debet solidos VIII, denarios II, cum [eulogiis].

26. Area quam tenet Deodatus habet in longum pedes XXXI ; de uno fronte pedes XVII ; de alio fronte pedes VI ; de uno latere terra Sancti Germani ; de alio latere Sancti Petri de alia potestate ; de uno fronte terra Sancti Mederici ; de alio latus via publica. Debet denarios VI, cum [eulogiis].

27. Area quam tenet Dertrudis habet in longum pedes CC ; de uno fronte pedes XLII ; de alio fronte pedes XXVIIII ; de uno latere terra Sancti Mederici ; de uno latere et uno fronte terra Sancti Germani ; de alio fronte via publica. Debet solidos II, cum [eulogiis].

28. Area quam tenet Autulfus habet in longum pedes CLXV ; et de uno fronte pedes LX ; de alio fronte pedes XXXI ; de uno latere terra Sancti Germani ; de alio latere terra Sancti Elegio ; de ambabus frontibus via publica. Debet solidos II, cum [eulogiis].

29. Area quam tenet Hildrammus habet in longum pedes CLXI ; de uno fronte pedes XX ; de alio fronte pedes XV ; de uno latere tenet Sancti Germani ; de alio latere terra Sancta Genovephæ ; de uno fronte terra Sancti Georgii ; de alia fronte via publica. Debet denarios VIII, cum [eulogiis].

30. Item area quam tenet Tetaldus habet in longum pedes CC; in uno fronte pedes XXX; de alio fronte pedes XX; de uno latere terra Sancti Martini; de alio latere terra Sancti Germani; in uno fronte terra Sancti Georgii; in alio fronte via publica. Debet denarios IIII, cum [eulogiis].

31. Area quam tenet Othelmus habet in longum pedes CLXXXV; de uno fronte pedes LIII; de alio fronte pedes LVIIII; de uno latere terra Sancti Martini; de alio latere terra Sancti Mederici; de uno fronte terra Sancti Germani; de alio fronte via publica. Debet solidum I, cum [eulogiis].

32. Item area quam tenet Tetaldus habet in longum pedes CLXXXV; de uno fronte pedes XXV; de alio fronte similiter; de uno latere terra Sancti Germani; de alio latere terra Sancti Mederici; de uno fronte terra Sancti Martini. Debet denarios IIII, cum [eulogiis].

33. Area quam tenet Bertismus habet in longum pedes CXXXV; de uno fronte pedes XV; alio fronte pedes XX; de ambobus lateribus terra Sancti Martini; de uno fronte terra Sancti Germani; de alio fronte via publica. Debet denarios IIII, cum [eulogiis].

34. Area quam tenet Authadus habet in longum pedes CC; de uno fronte pedes LX; de alio fronte pedes LXXV; de ambobus lateribus terra

Sancti Martini ; de uno fronte terra Sancti Germani ; de alio fronte via publica. Debet denarios XX, cum [eulogiis].

Sunt in summa solidi XXXVI et denarii XI.

Nous n'avons pas insisté sur l'âge du manuscrit d'où cette notice est tirée, parce que son aspect décèle sans conteste le ix⁵ siècle. Quelques formes barbares de notre pièce, comme : de uno latus, ab alio lateri, sancti et même sanctæ Germane, sancti Elegio, etc., nous l'auraient fait reporter vers le commencement du siècle, si une vie de saint, qui termine ce volume écrit tout entier de la même main, ne nous rejetait au contraire vers la fin en mentionnant les ravages des Normands.

Les *eulogics*, ce mot qui figure à chaque article de la notice, désigne les pains que les fidèles donnaient à l'église pour le saint sacrifice, et dont une partie était réservée pour faire les hosties. Par extension, on appelait eulogie toute prestation payée à l'église.

Aux §§ 23 et 26 est mentionnée une terra sancti Petri *de alia potestate.* Ces mots indiquent clairement que le rédacteur parle là d'un Saint-Pierre qui n'est pas le sien, c'est-à-dire de Saint-Pierre qui devint Sainte-Geneviève, et non de Saint-Pierre-des-Fossés.

§ 24. Area *indominicata.* Ordinairement c'est un terrain exploité par le propriétaire ; ici c'est un terrain non loué : aussi n'indique-t-on pas le montant du revenu.

Le total, 36 sous 11 deniers, indiqué à la fin de la pièce, est juste.

IV

EGLISES ET MONASTERES DE PARIS

DE 1325 A 1789.

Chapelle Saint-Michel, près l'abbaye Sainte-Geneviève; a existé du vᵉ au ixᵉ siècle[1].

Hôpital de Saint-Gervais, fondé en 1171 par un maçon nommé Garin et par son fils Harcher, prêtre, dans leur propre maison située sur le parvis de l'église Saint-Gervais. Il avait une chapelle qui fut consacrée en 1412 sous l'invocation de saint Anastase et dura jusqu'en 1758, époque où elle fut détruite. Les frères hospitaliers de Saint-

---

[1] On reprend, dans cette liste, les établissements antérieurs à 1325 non-mentionnés dans les pièces précédentes.

Gervais furent remplacés, en 1608, par des religieuses augustines, qui reçurent le nom de Filles
de Saint-Gervais ou Sœurs hospitalières de Saint-
Anastase. Elles transportèrent leur communauté,
en 1655, à l'hôtel d'O qu'elles avaient acheté, et
furent supprimées en 1790. L'hôtel d'O, rasé à la
même époque, occupait l'emplacement du marché
actuel des Blancs-Manteaux.

Les Chartreux. Appelés auprès de Paris par
saint Louis, en 1258, ils obtinrent de lui, l'année
suivante, le château de Vauvert, situé où est aujourd'hui le jardin du Luxembourg, à peu près à
l'entrée de la grande avenue qui conduit des par-
terres du jardin vers l'Observatoire. Leur église
fut achevée en 1324 et dédiée sous l'invocation de
saint Jean-Baptiste et de la sainte Vierge. Ils élevèrent aussi, en 1460, une *chapelle des femmes,*
seul endroit du couvent où les femmes pussent
entrer; elle était sous l'invocation de la Vierge et
de saint Blaise. Tous les bâtiments des Chartreux
ont été détruits pendant la révolution, à l'excep-
tion de la maison qui sert de passage entre la
grande allée du Luxembourg et la rue d'Enfer, où
elle occupe le nᵒ 46.

Chapelle de Sainte-Marie-l'Egyptienne ou la *Jus-
sienne* (à l'angle septentrional de la rue de la Jus-
sienne avec la rue Montmartre). Plusieurs ont cru
qu'elle existait sous saint Louis; mais elle ne

figure dans les titres qu'à partir de 1372. Démolie
en 1792.

Collége et prieuré de Prémontré. Etabli, vers
1260, au coin des rues Hautefeuille et de l'Ecole-
de-Médecine. L'ancienne chapelle de la maison,
démolie en 1618 et remplacée aussitôt par une
église dédiée à saint Jean-Baptiste et à sainte Anne,
forme encore aujourd'hui, par son abside, la maison appelée la Rotonde. C'est tout ce qui reste
des anciens bâtiments du collége de Prémontré,
qui ont été abattus en 1817.

Cordelières de Saint-Marcel, appelées aussi les
Grandes-Cordelières (rue de Lourcine, 95, près
Saint-Marcel). C'étaient des religieuses de Sainte-
Claire qui furent appelées de Troyes à Paris, en
1284, par Marguerite de Provence, veuve de saint
Louis. Leur église était placée sous l'invocation de
saint Étienne et de sainte Agnès. La rue Pascal a
été ouverte sur le terrain qu'occupaient leurs bâtiments.

*Communauté des femmes veuves de la rue Sainte-
Avoye* (rue Sainte-Avoye, 47). Fondée en 1288.
Les Ursulines y furent établies en 1622. Supprimée en 1790. Le bâtiment a été démoli en
1802.

Saint-Julien-des-Ménétriers (rue Saint-Martin,
96). Hôpital fondé par les ménétriers de Paris, en
1331, sous le patronage de saint Julien et saint

Genest. La chapelle était dédiée à saint Georges. Démoli en 1789.

Chapelle Saint-Yves (rue Saint-Jacques, au coin de celle des Noyers). Fondée, en 1348, par des gens de loi et des écoliers bretons et tourangeaux. Démolie en 1796.

Eglise et hôpital du Saint-Esprit, destiné à recueillir les orphelins pauvres. Fondé en 1362; supprimé en 1680. Il était situé sur la place de Grève, au nord de l'hôtel de ville, et a disparu pour faire place aux agrandissements de ce dernier.

Les Religieux Célestins, établis, en 1352, par la famille du prévôt Etienne Marcel, sur l'emplacement abandonné, en 1318, par les Carmes. L'église, dédiée à sainte Marie et consacrée en 1370, était une des plus riches du royaume. L'ordre des Célestins fut supprimé en 1773. Leur établissement fut à peu près abandonné dès lors, et il a fait place, en ces dernières années, à une caserne (quai Morland, 4).

Petit-Saint-Antoine. Hospice et commanderie de l'ordre de saint Antoine, dont les religieux s'occupaient de secourir les pauvres attaqués du feu Saint-Antoine et autres maladies épidémiques. Cette maison fut fondée vers 1360 (rue Saint-Antoine, 67 et 69) et convertie en séminaire en 1615, puis réunie à l'ordre de Malte. L'église, qui avait été achevée en 1368, et le couvent, ont été détruits en 1792.

Hôpital et chapelle de Saint-Eloi (rue des Orfévres, 4 et 6), fondés, en 1399, par les orfévres pour les pauvres de leur métier. Démolis en 1786.

Saint-Clair, chapelle du collége des Bons-Enfants, fondée ou plutôt renouvelée en 1486.

Filles-Pénitentes appelées depuis *religieuses de Saint-Magloire*. Etablies, en 1496, dans l'hôtel de Bohême (Halle aux blés), et transférées, en 1580, au couvent de Saint-Magloire (rue Saint-Denis). Supprimées en 1790.

Hospice des Veuves de la rue de Grenelle–Saint-Honoré, fondé, en 1497, par Catherine du Homme. Au xviie siècle, les Le Pileur, ancienne famille parisienne descendant de la fondatrice, nommaient aux huit places de la maison. N'existait plus en 1779.

Couvent des Minimes ou Bons-Hommes de Chaillot. Etablis à Chaillot, près Paris, en 1493, et enrichis par la reine Anne de Bretagne, qui posa la première pierre de l'église, dédiée à Notre-Dame-de-toutes-grâces. Cette maison a été démolie pendant la révolution.

Église Notre-Dame-de-Bonne-Nouvelle. Ce fut d'abord une chapelle, bâtie, en 1551, sous l'invocation de saint Louis et sainte Barbe, puis rasée en 1593, durant les guerres de la Ligue, pour

l'établissement des fortifications qu'on élevait, à
cette époque, autour de Paris. Elle fut relevée en
1624, dédiée alors à Notre-Dame-de-Bonne-Nouvelle, et érigée en cure le 22 juillet 1673.

Hôpital et chapelle de Saint-Jacques-du-Haut-Pas
(rue Saint-Jacques, 254-258). Cet hôpital fut
fondé à Paris, vers la fin du XIIe siècle, par des
religieux venus d'Italie, où était situé leur princi-
pal établissement, dans un lieu appelé Haut-Pas
ou Maupas. Ils se consacraient à faciliter aux
pèlerins le passage des rivières en construisant des
bacs et des ponts. Les bâtiments de cet hôpital
furent refaits en 1519, ainsi que la chapelle, qui
était sous l'invocation de la Vierge et qui avait été
érigée en paroisse succursale au mois de fé-
vrier 1566. Vers 1580, l'ordre de Saint-Jacques-
du-Haut-Pas était près de s'éteindre, lorsque le roi
fit transférer dans cette maison les religieux bénédictins de Saint-Magloire, qui lui donnèrent leur
nom. En 1618, l'évêque de Paris en fit un séminaire, qui fut dirigé par les pères de l'Oratoire.
Les bâtiments, affectés à l'institution des sourds-
muets depuis l'année 1792, ont été abattus, ainsi
que l'église, en 1823.

Église Saint-Jacques-du-Haut-Pas. Construite,
en 1584, par les paroissiens de la chapelle de
l'hôpital de Saint-Jacques-du-Haut-Pas, qui se
trouvaient trop à l'étroit dans celle-ci. Recom-

mencée en 1630 et terminée seulement à la fin du siècle.

Couvent des Capucins de la rue Saint-Honoré. Amenés d'Italie par le cardinal de Lorraine et établis, en 1574, au village de Picpus près Paris, puis rue Saint-Honoré, près des Feuillants. Le couvent et l'église furent reconstruits de 1603 à 1610. Ces bâtiments, après avoir servi, en 1790, aux bureaux de l'assemblée nationale, furent démolis, en 1804, pour faire place aux rues de Rivoli, Castiglione et du Mont-Thabor.

Église Saint-Louis et Saint-Paul (rue Saint-Antoine). Ce fut d'abord une chapelle de Saint-Louis, annexée au couvent ou maison professe que les jésuites obtinrent la permission d'établir en 1580, et que la munificence de Louis XIII et de Richelieu changea en une grande et belle église, qui fut élevée dans l'intervalle des années 1619 à 1641 ; elle prit, après la démolition de l'église Saint-Paul, le nom de Saint-Louis-et-Saint-Paul. Le couvent des jésuites est aujourd'hui le lycée Charlemagne.

Couvent des Feuillants (rue Saint-Honoré, sur l'emplacement de la rue Castiglione). Les feuillants, religieux d'un ordre extrêmement rigoureux créé par Jean de la Barrière, abbé de Feuillants en Languedoc, furent appelés à Paris par Henri III en 1587. Henri IV posa, en 1601, la première pierre de leur église, qui fut achevée en 1608.

Tous les bâtiments des Feuillants ont été démolis en 1804.

Couvent de Picpus, ou des Pénitents réformés du tiers-ordre de Saint-François, institué, en 1221, par saint François d'Assise. Une réforme de ces religieux se fit vers la fin du xvie siècle et donna lieu à l'établissement, en France, de soixante nouveaux monastères. Le chef-lieu de cette réforme fut le couvent de Picpus, situé au village de Picpus ou Piquepusse, à l'extrémité du faubourg Saint-Antoine, dans un bâtiment qui avait été précédemment habité par les capucins de la rue Saint-Honoré, puis par les jésuites. Il s'y trouvait une chapelle de Notre-Dame de Grâce, construite en 1573, et que les religieux de Picpus remplacèrent par une église plus vaste dont Louis XIII posa la première pierre le 13 mars 1611. Cette maison, supprimée en 1790, est devenue une propriété particulière (rue de Picpus, 15).

Couvent des Récollets (recollecti, recueillis), au faubourg Saint-Martin. Ces religieux, issus, en 1496, d'une réforme des cordeliers établie en Espagne, vinrent à Paris vers l'an 1600 et y obtinrent, en 1603, une maison où ils bâtirent, dès 1604, une chapelle qu'ils remplacèrent, dix ans plus tard, par une église, qui fut dédiée, le 30 août 1614, sous le titre de l'Annonciation-de-la-Sainte-Vierge. Les bâtiments des Récollets sont devenus, en 1790, un hospice des incurables.

Couvent des Petits-Augustins, rue Bonaparte.
La reine Marguerite de Valois, après la dissolution
de son mariage avec Henri IV, en 1605, établit,
dans une maison dépendante de son hôtel de la
rue de Seine, un couvent d'Augustins-déchaussés,
auquel elle donna le nom d'*Autel de Jacob*. Les
religieux devaient y chanter, deux à deux, jour et
nuit, sans discontinuer, des hymnes et des can-
tiques sur les airs qui devaient être composés par
Marguerite ou sur son ordre. On éleva, auprès du
monastère, une chapelle, qui reçut le nom de
Chapelle des Louanges. Mais peu après, la fondatrice, déjà lasse des Augustins-déchaussés, les
chassa sous prétexte qu'ils chantaient mal et les
remplaça par une autre congrégation du même
ordre (1613). Elle mourut en 1615, en recom-
mandant vivement au roi Louis XIII et à la reine
ses nouveaux protégés, qui prirent le nom de Petits-Augustins, à cause du voisinage des Grands-
Augustins établis au bout du Pont-Neuf. Anne
d'Autriche posa, le 15 mai 1617, la première
pierre de leur église, dédiée à saint Nicolas de
Tolentin. Les bâtiments et l'église des Petits-Augustins furent, pendant la révolution, le dépôt des
objets d'art appelé Musée des monuments français. Ils ont été démolis en 1820 pour faire place
aux constructions élégantes de l'école des Beaux-

Arts. Le vaisseau de l'église, sur le portail de laquelle on a appliqué la façade du château d'Anet, a seul été conservé.

Frères-de-la-Charité-des-hommes, ou congrégation de Jean de Dieu. Un Portugais, nommé Jean de Dieu et qui fut canonisé en 1690, avait formé, dans le cours du xvie siècle, une association destinée à secourir les malades indigents. Les religieux de ce nouvel ordre, appelés à Paris, en 1601, par Marie de Médicis, furent établis au lieu qu'ils cédèrent aux Petits-Augustins, en 1607; pour prendre possession d'un hôtel situé près la chapelle Saint-Pierre (rue des Saints-Pères). La reine Marie de Médicis leur fit construire, en 1613, une église qui ne fut terminée qu'en 1732 et placée sous l'invocation de saint Jean-Baptiste. Sauf la disparition des religieux qui la desservirent avec zèle pendant deux siècles, cette maison s'est conservée jusqu'à nos jours, sans autre changement que l'accroissement de son importance. C'est aujourd'hui l'hôpital de la Charité, rue Jacob et rue des Saints-Pères.

Couvent des Capucines, appelées aussi *Pauvres Dames*, ou *Filles de la Passion*, fondé par Marie de Luxembourg, duchesse de Mercœur, en exécution des dernières volontés de Louise de Lorraine, veuve de Henri III. La première pierre fut posée le 29 juin 1604 et les bâtiments achevés en 1606.

Louis XIV voulant, en 1686, construire la place
Vendôme (alors place Louis-le-Grand), le couvent
des Capucins, situé à cet endroit vers la rue Saint-
Honoré, fut démoli et transporté un peu plus loin,
entre la rue Neuve-des-Petits-Champs et la rue
Neuve-des-Capucines. Le portail de l'église for-
mait la perspective d'une des ouvertures de la
place Vendôme. L'église et le couvent furent démolis en 1806 et la rue de la Paix fut ouverte sur
leur emplacement.

Carmes déchaussés, rue de Vaugirard, 70. Fondés, en 1611, par Nicolas Vivien, maître des
comptes. La première pierre de l'église fut posée,
le 20 juillet 1613, par Marie de Médicis. Cette
église fut achevée en 1620 et dédiée le 21 décembre 1625. Les carmes furent supprimés en 1790
et les bâtiments qu'ils occupaient vendus en 1808.
L'église, rachetée par les soins d'une association
de dames pieuses, a été conservée ainsi qu'une
partie du couvent.

Noviciat des PP. Jésuites, rue du Pot-de-fer-
Saint-Sulpice, 12 et 14. Établissement formé par
les religieux de la compagnie de Jésus, lors de
leur rappel en France, en 1603. L'église en avait
été construite de 1630 à 1642. Les jésuites ayant
été expulsés de nouveau en 1763, les bâtiments
du noviciat furent vendus à des particuliers et en
partie démolis. L'église n'existe plus.

Minimes de la place Royale, rue de la Chaussée-des-Minimes. Les Minimes, fondés par saint François de Paule et qui avaient déjà des établissements à Chaillot et à Vincennes, vinrent à Paris en 1609 et y dirent la messe chez eux, pour la première fois, le 25 mars 1610, jour de l'Annonciation ; ce qui, au dire d'un historien de Paris (le P. Dubreuil), fit désigner quelquefois leur maison sous le nom de l'Annonciade. La première pierre de l'église fut posée le 18 septembre 1611, au nom de Marie de Médicis, et cet édifice ne fut achevé et dédié qu'en 1679. Il fut démoli, en 1798, pour le prolongement de la rue de la Chaussée-des-Minimes, et le couvent est devenu une caserne d'infanterie.

Prêtres de la Mission, établis dans la maison de Saint-Lazare, rue du Faubourg-Saint-Denis. Ce fut saint Vincent de Paule qui conçut, dès 1617, le projet d'une congrégation d'ecclésiastiques chargée de parcourir les campagnes et d'y répandre l'instruction. Cet institut, autorisé en 1632, fut supprimé à la révolution.

Couvent des Ursulines, rue Saint-Jacques, 243 et 245. Venues de Lombardie où leur ordre s'était formé en 1544 et établies à Paris, en 1608, par la veuve d'un conseiller au parlement nommé Sainte-Beuve. L'église, commencée en 1620 (Anne d'Autriche en posa la première pierre), fut ache-

vée et dédiée en 1627. La maison des Ursulines
de Paris a servi de modèle à toutes celles qui se
sont établies depuis en France et qui étaient au
nombre de plus de trois cents. On l'a rasée en
1790 pour ouvrir la rue qui porte le même nom.

Couvent des Ursulines, rue Sainte-Avoye, 47.
Succursale du précédent. A existé de 1622 à
1790.

*Congrégation de l'Oratoire de N. S. J.-C. en
France.* Ordre fondé, en 1611, par M. de Bérulle.
Son premier établissement fut à Paris, rue Saint-
Honoré, près le Louvre. L'église fut bâtie de 1621
à 1630 et le portail refait en 1774. Après avoir
servi pendant plusieurs années aux assemblées
politiques du quartier, pendant la révolution, cet
édifice fut cédé en 1802 et appartient encore au
culte protestant. Les bâtiments du couvent, occupés depuis la même époque par diverses adminis-
trations publiques, notamment par la Caisse
d'amortissement, ont été démolis en 1854 pour
l'alignement de la rue de Rivoli.

Bénédictines de la Ville-l'Évêque, au coin des
rues de la Ville-l'Évêque et de la Madelaine.
Prieuré fondé, le 12 avril 1613, par Catherine et
Marguerite d'Orléans-Longueville, et dont les pre-
mières institutrices furent quelques religieuses
détachées de l'abbaye de Montmartre. On lui donnait quelquefois le nom de Petit-Montmartre.

5

Supprimé et entièrement démoli pendant la révolution.

Jacobins de la rue Saint-Honoré, sur l'emplacement actuel du marché Saint-Honoré. Couvent de dominicains réformés établi, en 1611, par un religieux de cet ordre nommé le P. Michaëlis. Démoli en 1810.

Jacobins du faubourg Saint-Germain, place Saint-Thomas-d'Aquin. Troisième couvent de dominicains réformés, à Paris ; établi, en 1632, par l'influence de Richelieu et malgré les secrètes résistances du parlement, effrayé du prodigieux développement que prenaient alors les institutions monastiques. Cette maison prit le titre de Noviciat général de l'ordre de Saint-Dominique en France. Le couvent, supprimé en 1790, est devenu notre musée d'artillerie, et l'église, bâtie de 1683 à 1779, a été érigée en paroisse, sous le vocable de saint Thomas d'Aquin, en 1802.

Madelonettes ou couvent des Filles de la Madelaine, rue des Fontaines-du-Temple, 14 et 16. Un marchand de vin de Paris, un curé, un capucin et un officier aux gardes-du-corps se réunirent avec une rare piété pour offrir un asile et des secours aux filles de mauvaise vie qui se sentaient repentantes. C'était en 1618. Ils en recueillirent une vingtaine qui demandèrent à être cloîtrées et qui, grâce à d'autres libéralités, formèrent le

noyau d'une association considérable. Leur église
fut bâtie en 1680 et dédiée à la Vierge. Cet établissement devint, en 1793, une prison tristement
célèbre.

Filles de la Visitation de Sainte-Marie (rue Saint-
Antoine, 214 et 216), plus communément appelées *Visitandines,* et instituées par saint François
de Sales pour visiter les pauvres, furent appelées
à Paris en 1619 et établies dans l'hôtel de Cossé,
rue Saint-Antoine, en 1628. Leur église, bâtie de
1632 à 1634, fut placée sous le titre de Notre-
Dame-des-Anges. Le couvent a été supprimé en
1790, et l'église des Filles de sainte Marie est, depuis 1802, un temple protestant.

Filles de la Visitation de Sainte-Marie, de la rue
Saint-Jacques, 193. Seconde maison, formée en
1623, pour répondre à la rapidité avec laquelle
s'augmenta, dès leur arrivée à Paris, le nombre
des Visitandines. Bientôt il en fallut une troisième
(à Chaillot) et une quatrième (rue du Bac). L'église
des Visitandines de la rue Saint-Jacques ne fut
achevée qu'en 1780. Après trente ans de suppression, ce couvent fut, en 1820, rendu aux religieuses
de Saint-Michel.

Bénédictins anglais, rue Saint-Jacques, 269.
Réfugiés en France à la suite de persécutions et
appelés, en 1615, à Paris par Marie de Lorraine,
abbesse de Chelles, pour organiser des missions

catholiques en Angleterre. Leur église fut achevée et consacrée en 1677 sous le titre de Saint-Edmond. Le couvent a été supprimé en 1790 et ses bâtiments sont devenus des propriétés particulières.

Bénédictines anglaises ou *Filles anglaises*, rue des Anglaises, 20. Réfugiées comme les précédents, et appelées à Paris en 1620, ou, suivant d'autres, en 1632. Leur établissement fut autorisé en 1650 et leur église, Notre-Dame-de-Bonne-Espérance, terminée seulement en 1784. Après la suppression des ordres monastiques, en 1790, ce monastère devint une propriété privée.

Filles du Calvaire ou de Notre-Dame-du-Calvaire, rue de Vaugirard, 23. Fondées, en 1620, par le P. Joseph, Marie de Médicis et Mme de Lauzon, veuve d'un conseiller au parlement. L'église fut bâtie de 1625 à 1631.

Filles du Calvaire, au Marais. Seconde maison du précédent monastère. Le P. Joseph voulait le nommer *la Crucifixion* et y mettre un assez grand nombre de religieuses pour qu'une prière perpétuelle eût lieu, sans interruption, au pied de la Croix. Cependant ce couvent prit le nom de *la Transfiguration*. L'église fut construite de 1635 à 1637. Les rues neuves de Bretagne et de Ménilmontant ont été ouvertes sur l'emplacement qu'occupaient les Filles-du-Calvaire.

Annonciades célestes, dites *Filles-Bleues* et aussi Annonciades célestes ou Célestines, rue Culture-Sainte-Catherine, 23. Ordre fondé à Gênes en 1602. La marquise de Verneuil créa leur établissement à Paris en 1621. Le couvent et l'église ont été vendus à des particuliers pendant la révolution.

Annonciades des Dix-Vertus. L'ordre de l'Annonciade ou des Dix-Vertus-de-la-Sainte-Vierge fut fondé à Bourges, en 1500, par Jeanne de France, fille de Louis XI. Quelques religieuses de cet ordre vinrent de Bourges à Paris en 1636; elles furent établies d'abord rue des Saints-Pères, puis, en 1640, rue de Sèvres, sous la protection de la maison d'Orléans. Ce monastère ne subsista cependant que jusqu'en l'année 1654, où les Annonciades furent forcées de l'abandonner à leurs créanciers. Il fut acheté par les dames de l'Abbaye-au-Bois.

Annonciades du Saint-Esprit, aujourd'hui Eglise de *Saint-Ambroise*, rue Popincourt. D'autres religieuses du même ordre que les précédentes étaient venues à Saint-Mandé près Paris en 1632. En 1636, elles furent transportées à Paris même, dans l'hôtel qui avait appartenu à Jean de Popincourt, président du parlement sous Charles VI. Il y avait dans cet hôtel une chapelle de Sainte-Marthe dont elles se servirent jusqu'en 1659;

mais alors elles firent bâtir une belle église, qui
fut consacrée au mois de décembre de cette même
année sous le titre de Notre-Dame-de-Protection.
Leur couvent fut supprimé en 1780, et leur église
est devenue, depuis la révolution, la paroisse
Saint-Ambroise.

Sœurs de Notre-Dame-de-l'Annonciade. Congrégation dont l'existence fut, sans doute, fort éphé-
mère, car on n'en sait rien, si ce n'est qu'elle vint
du diocèse de Troyes à Paris en 1628.

Prêtres de la Doctrine-chrétienne, rue des Fossés-
Saint-Victor, 37. Congrégation instituée, en 1592,
par un Avignonais nommé César de Bus, pour
l'instruction des enfants du peuple, et introduite
en 1627 à Paris, d'où elle se répandit prompte-
ment par toute la France. La maison mère de la
rue des Fossés-Saint-Victor, appelée aussi *maison
Saint-Charles*, parce que sa chapelle était sous le
titre de Saint-Charles-Borromée, fut supprimée
avec l'ordre lui-même le 5 avril 1792. L'ordre fut
rétabli peu d'années après, mais la maison Saint-
Charles est demeurée propriété particulière.

Religieuses du Saint-Sacrement, près du Louvre.
Monastère fondé par Sébastien Zamet, évêque de
Langres, en 1630, pour offrir une retraite douce
et agréable aux filles de la cour qu'on faisait entrer
en religion. Il fut supprimé au bout de quelques
années.

Augustins-déchaussés ou *Petits-Pères*, aujour-
d'hui église *Notre-Dame-des-Victoires*. Les Augustins-déchaussés, appelés à Paris par Marguerite
de Valois en 1607 (voy. ci-dessus, p. 61), puis
expulsés par elle, et nommés Petits-Pères à cause,
dit-on, de la pauvreté de leur premier établissement, revinrent à Paris en 1619, et achetèrent,
près du Mail, en 1628, un terrain où ils élevèrent
leur couvent. Louis XIII posa la première pierre
de leur église le 9 décembre 1629 et la plaça sous
l'invocation de Notre-Dame-des-Victoires, en
reconnaissance, dit-il, des victoires que la Vierge
l'avait aidé à remporter contre les protestants.
Cette église était trop petite ; en 1656 on en commença une autre dont la première devint la
sacristie ; mais on en suspendit bientôt la construction, faute d'argent. Elle ne fut continuée qu'en
1737 et achevée en 1740. Le couvent des Petits-
Pères ayant été supprimé en 1790, comme tous
les autres, leur église subit une transformation
étrange ; on y tint la Bourse pendant plusieurs
années. Elle fut rendue au culte en 1802. Quant
au couvent, qui avait été bâti de même à plusieurs
reprises, il est occupé en partie par la mairie du
3e arrondissement, en partie par une caserne d'infanterie. Ses derniers bâtiments n'ont été détruits
qu'en 1853, époque où l'on voyait encore tout le
cloître.

Abbaye de Port-Royal. Succursale établie, en 1625, à Paris, rue de la Bourbe, 3, et rue d'Enfer, 74, de l'abbaye de Port-Royal-des-Champs, fondée en 1204 près de Chevreuse par les Montmorency. L'église fut bâtie dans l'intervalle des années 1646 à 1648. La maison ayant été supprimée en 1790 fut convertie en un hospice de la Maternité (1801).

Hospitalières-de-la-Charité-Notre-Dame, ou Religieuses de la charité de l'ordre de Saint-Augustin, rue de la Chaussée-des-Minimes. Couvent et chapelle fondés, en 1624, par quelques particuliers pour recueillir des filles ou des femmes pauvres et malades. Supprimés lors de la révolution.

Hospitalières-de-la-Roquette, rue de la Roquette, 103. Maison succursale de la précédente, établie en 1636, et qui devint une communauté distincte et indépendante en 1690. Elle avait une chapelle sous l'invocation de saint Joseph, et les religieuses prirent alors le nom d'Hospitalières-de-Saint-Joseph. Ce couvent fut supprimé en 1792

Eglise Saint-Roch, rue Saint-Honoré. Primitivement bâtie, en 1587, sur l'emplacement des bâtiments occupés par un hôtel appelé l'hôtel Gaillon, par la chapelle de cet hôtel consacrée à sainte Suzanne et par une autre chapelle voisine appelée chapelle des Cinq-Plaies-de-Notre-Seigneur. Devenue trop petite, au xvii° siècle, l'église

Saint-Roch fut reconstruite. Louis XIV et Anne d'Autriche en posèrent la première pierre le 28 mars 1653 ; cependant elle ne fut entièrement achevée qu'en 1740.

Filles de Saint-Thomas-d'Aquin. Religieuses dominicaines tirées du couvent de Sainte-Catherine de Sienne de Toulouse et installées à Paris, en 1626, par Anne de Caumont, comtesse de Saint-Pol. Elles se placèrent sous l'invocation de saint Thomas d'Aquin, parce que ce fut le jour de sa fête qu'elles prirent possession de leur couvent. Leur église ne fut achevée qu'en 1715 ; le couvent des Filles-Saint-Thomas fut supprimé en 1790 ; et, en 1808, on construisit la Bourse sur son emplacement.

Prieuré de Notre-Dame-de-Consolation, rue du Cherche-Midi, 25. Fondé, en 1634, par des religieuses augustines de la congrégation de Notre-Dame-de-Laon, qui, en 1669, forcées de vendre tout ce qu'elles possédaient pour payer leurs dettes, se placèrent sous la dépendance de l'abbaye de Malnoue, dont la supérieure, Marie-Eléonore de Rohan, les remplaça par des Bénédictines. Elles avaient construit, sous l'invocation de saint Joseph, une petite église que les nouvelles religieuses remplacèrent (1737-1738) par un édifice plus important. Cette maison fut supprimée en 1790 et tous ses bâtiments vendus à des particuliers.

Chanoinesses du Saint-Sépulcre-de-Jérusalem, ou Religieuses de Belle-Chasse, rue de Grenelle-Saint-Germain et rue de Bellechasse. Etablies en 1632. Ce couvent a été démoli pendant la révolution et a fait place à un prolongement de la rue de Bellechasse.

Filles de Sainte-Cécile, venues d'un couvent de Grenoble à Paris en 1633. Après de grandes difficultés, elles s'établirent définitivement, en 1658, dans une maison qu'elles achetèrent, rue de Vaugirard, 60, et prirent alors le nom de *Filles-du-précieux-sang-de-Notre-Seigneur*. Depuis la révolution, ce couvent est une propriété particulière.

Petites-Cordelières. Les religieuses cordelières du faubourg Saint-Marcel se trouvèrent assez nombreuses, sous Louis XIII, pour former une succursale de leur monastère. Elles en obtinrent l'autorisation en 1632, et, sous le nom de *Religieuses de Sainte-Claire-de-la-Nativité*, elles s'établirent d'abord rue des Francs-Bourgeois au Marais, puis à l'hôtel de Beauvais, rue de Grenelle-Saint-Germain. On ne sait par quelle raison l'archevêque de Paris supprima tout d'un coup cette communauté le 4 juin 1749.

Filles-de-la-Croix, rue de Charonne, 86. Couvent fondé, en 1636, par les mêmes religieuses qui avaient créé le monastère des Filles-de-Saint-Thomas-d'Aquin. Il fut supprimé en 1790; mais, rétabli en 1815, il subsiste encore sous le même titre de Dames dominicaines de la Croix , et au même lieu.

La Providence ou *Filles-de-Saint-Joseph* , rue Saint-Dominique-Saint-Germain , 82. Communauté pour l'éducation des pauvres orphelines, fondée, en 1640, par une orpheline devenue riche et qui avait été élevée à Bordeaux dans une maison du même genre. Supprimée en 1792. Une partie des bâtiments est occupée par les bureaux du ministère de la guerre.

Chanoinesses de Notre-Dame-de-la-Victoire-de-Lépante et de Saint-Joseph. Communauté ainsi appelée parce qu'elle avait ajouté à sa règle l'obligation particulière de célébrer, chaque année, la victoire remportée sur les Turcs par les chrétiens, dans le golfe de Lépante, le 7 octobre 1571. Elle fut fondée, en 1640, par l'archevêque de Paris et un surintendant des finances. Supprimée en 1790.

Bénédictines de Notre-Dame-de-Liesse, rue de Sèvres, 3. Religieuses venues de la Champagne à Paris en 1636, et auxquelles se réunit, en 1645, une petite communauté instituée en 1626 pour l'éducation des jeunes filles, sous le nom de *Jardin d'Olivet*. L'église des Bénédictines de N.-D.-de-Liesse fut bâtie en 1663. Ce couvent fut supprimé en 1778, et Mme Necker, femme du ministre des finances, fonda sur son emplacement l'hôpital qui porte son nom.

Religieuses de Fervaques. Couvent fondé, en 1636, par des religieuses réfugiées de Fervaques (diocèse de Noyon) à Paris, mais dont on ne sait rien, pas même où il était situé dans cette ville.

Église Sainte-Marguerite, faubourg Saint-Antoine. Fondée en 1625. Ce fut d'abord une simple chapelle construite pour la sépulture d'une famille; elle fut successivement érigée en succursale de Saint-Paul, en paroisse indépendante (1712) et en même temps agrandie à plusieurs reprises.

Chapelle Saint-Joseph, rue Montmartre, 144. Chapelle succursale de l'église Saint-Eustache, fondée, le 14 juillet 1640, aux frais du chancelier Séguier. Démolie au commencement de la révolution et remplacée par un marché qui subsiste encore.

Capucins du faubourg Saint-Jacques. Couvent fondé en 1613 ; supprimé en 1783.

Capucins du Marais, rue du Porche et rue d'Orléans. Couvent fondé, en 1623, par un syndic des capucins, frère du chancelier Molé. L'église fut rebâtie vers le milieu du xviiie siècle. Les bâtiments du couvent furent vendus en 1790, mais l'église, rendue au culte en 1802, sous le nom de *Saint-François d'Assise,* est encore la seconde succursale de Saint-Merri.

Feuillants de la rue d'Enfer. Maison succursale
de celle des Feuillants de la rue Saint-Honoré,
établie en 1630. L'église fut construite et dédiée,
en 1659, sous l'invocation des *saints anges gar-
diens*, nom qu'on donnait quelquefois aux Feuillants.

Pères de Nazareth. Religieux du tiers-ordre de
Saint-François qui fondèrent, en 1613, un hospice
et un couvent dont l'église, achevée en 1732, fut
placée sous l'invocation de N.-D. de Nazareth.
Supprimé en 1790; les bâtiments devinrent alors
propriété particulière.

Religieuses de Sainte-Elisabeth, rue du Temple,
107. Religieuses du tiers-ordre de Saint-François
établies à Paris en 1614. La première pierre de
l'église fut posée par Marie de Médicis le 14 avril
1628. Elle fut achevée en 1630 et dédiée, en
1646, sous l'invocation de Notre-Dame-de-Pitié
et de sainte Élisabeth de Hongrie. Le couvent fut
supprimé en 1790; l'église, fermée pendant la
révolution, fut rendue au culte en 1803 et restaurée en 1829.

Congrégation de la propagation de la Foi ou
Nouveaux Convertis. Formée, en 1632, par un
père capucin pour la conversion des protestants,
et autorisée, en 1635, sous le vocable de *l'Exaltation de la Sainte-Croix*. Elle fut établie d'abord
chez les capucins de la rue Saint-Honoré et, en

1656, rue de Seine-Saint-Victor. Elle a été supprimée peu de temps avant la révolution.

Nouvelles-Catholiques. Couvent de femmes fondé en même temps et pour le même objet que le précédent, c'est-à-dire pour la conversion des filles et femmes protestantes. Après avoir changé plusieurs fois de demeure, elles s'établirent définitivement, en 1672, rue Sainte-Anne, 63, et y élevèrent, la même année, une chapelle qui fut bénite sous le titre de l'Exaltation de la Sainte-Croix et de Sainte-Clotilde. Le couvent fut supprimé en 1790 et ses bâtiments furent transformés en maisons particulières.

Filles ou *Sœurs de la Charité*, nommées, dans leur institution, *servantes des pauvres malades*, et par le peuple, *sœurs de charité* ou *sœurs grises*. Fondées par saint Vincent de Paule en 1617 et appelées à Paris en 1633. Elles s'établirent, en 1641, rue du Faubourg-Saint-Denis, 112, où elles restèrent jusqu'à l'époque de leur suppression, en 1792. Mais on les rétablit peu de temps après.

Religieuses de Notre-Dame-des-Prés, rue de Vaugirard. Fondées à Mouzon en 1629, venues à Paris en 1637, supprimées en 1744.

Carmélites du Marais, rue Chapon, 17-25. Second couvent de religieuses carmélites, fondé en 1617, par celles de la rue d'Enfer. La chapelle fut dédiée en 1625. Supprimé et vendu en 1790.

Feuillantines, impasse des Feuillantines, 12. Ces religieuses, fondées en même temps que les Feuillants, à Toulouse, vinrent à Paris en 1622. Supprimées en 1790.

Religieuses de l'Assomption-Notre-Dame. Couvent créé, en 1622, rue Saint-Honoré, 369, pour recevoir les religieuses haudriettes réformées malgré elles. L'église du couvent, qui est encore aujourd'hui l'église paroissiale de l'Assomption, fut construite de 1670 à 1676. Les religieuses furent supprimées en 1790.

Val-de-Grâce. Abbaye de bénédictines fondée, à quelques lieues de Paris, vers le xe siècle, et enrichie, au xvie, par Anne de Bretagne, qui lui donna le nom de *Val-de-Grâce-de-Notre-Dame-de-la-Crèche.* Ces religieuses s'établirent à Paris en 1621 et obtinrent la protection de la reine Anne d'Autriche, qui leur fit élever, de 1638 à 1665, un cloître et une église magnifiques. Elle voulait que cet édifice fût un témoignage de sa reconnaissance pour être devenue mère après vingt-deux ans de stérilité, et elle en posa la première pierre. À la révolution, le Val-de-Grâce devint un hôpital militaire, et l'église, après avoir longtemps servi de magasin d'habits pour l'armée, a été réparée dès 1818 et rendue au culte en 1823.

Filles de la Conception-Notre-Dame, à l'angle de la rue Saint-Honoré et de la rue neuve de

Luxembourg. C'étaient des religieuses du tiers-ordre de Saint-François, venues de Toulouse à Paris en 1635. Ce couvent a été supprimé en 1790 et des maisons particulières se sont élevées sur son emplacement.

Religieuses anglaises de Notre-Dame-de-Sion, rue des Fossés-Saint-Victor, 23. Religieuses de l'ordre de Saint-Augustin venues à Paris en 1633, et dont l'asile ne fut pas troublé par la révolution. Elles subsistent encore.

Récollettes, rue du Bac, 75. Religieuses fondées en Espagne, au xve siècle, sous la règle de sainte Claire, et qui s'établirent à Paris en 1627. La reine Marie-Thérèse d'Autriche leur donna le nom de Religieuses de l'Immaculée-Conception-de-la-Vierge-Marie et fit bâtir leur église en 1693-1694. Ce couvent, supprimé en 1790, est aujourd'hui une propriété particulière.

Église Saint-Louis-en-l'Ile, d'abord appelée *Notre-Dame-de-l'Ile*, dans l'île Saint-Louis. Ce fut premièrement une chapelle bâtie en 1616. L'église actuelle fut achevée en 1726.

Eglise Saint-Louis-des-Invalides. Construite dans l'intervalle des années 1675 à 1705.

Théatins, quai Voltaire, 21. Ordre de religieux fondé en Italie sous le titre dé Clercs-réguliers et qui prit le nom de Théatins, du nom de la ville de Théate, dont l'un de ses fondateurs était arche-

vêque. Mazarin établit le couvent du quai Voltaire
en 1644 et lui fit donner le titre de *Sainte-Anne-la-
Royale*. L'église en fut bâtie de 1662 à 1720. Après
avoir servi de salle de bal pendant la révolution,
les bâtiments des Théatins furent démolis en 1821.

Filles de la Congrégation de Notre-Dame, rue
Neuve-Saint-Étienne-du-Mont, 6. Fondées en
Lorraine, en 1597, pour l'éducation de la jeu-
nesse ; établies à Paris en 1643. Leur église fut
dédiée en 1688. Supprimées en 1790.

Filles de la Providence-de-Dieu, rue de l'Arbalète, 24. Couvent fondé, en 1630, par une pieuse
veuve pour préserver les jeunes filles de la séduc-
tion et de la misère. Établi à Paris, en 1651, dans
une maison achetée de l'Hôtel-Dieu, qui y avait
fait construire une chapelle de Saint-Roch et
Saint-Sébastien. Supprimé en 1790.

Religieuses de la Présentation-Notre-Dame, rue
des Postes, 34 et 36. Couvent formé de *Bénédictines mitigées* d'Arcisse, établi à Paris en 1649.
Supprimé en 1790.

Hospitalières de la Miséricorde-de-Jésus, rue
Mouffetard, 68. Établies à Paris, en 1656, pour
fournir des remèdes et des secours aux femmes
pauvres et malades. La chapelle du couvent était
sous l'invocation de saint Julien et sainte Basilisse
dont ces religieuses portaient aussi le nom. Communauté supprimée en 1790.

Filles de Sainte-Geneviève, rue Clovis. Communauté établie, en 1670, pour l'instruction des jeunes filles pauvres. Supprimée en 1790. Ses bâtiments sont devenus une dépendance du lycée Napoléon.

Filles de Sainte-Agathe, appelées aussi *Filles de la Trappe* et *Filles du Silence.* Communauté fondée principalement pour l'éducation des jeunes filles. Elles s'établirent à Paris en 1697. L'archevêque les supprima en 1753.

Prêtres de Saint-François-de-Sales, carrefour du Puits-l'Ermite. Maison de retraite pour les prêtres âgés et infirmes établie en 1700 ; supprimée en 1790. Ses bâtiments ont été réunis à l'hôpital de la Pitié.

Filles du Saint-Sacrement, ou *Religieuses de l'Adoration-perpétuelle-du-Saint-Sacrement,* rue Cassette, 22. Couvent formé de religieuses bénédictines de la Conception–de-Notre-Dame venues de Lorraine à Paris en fugitives en 1650. Supprimé en 1790.

Miramionnes ou *Filles de Sainte-Geneviève,* rue de la Tournelle, 5. Cette communauté, différente de celle des Filles de sainte Geneviève mentionnée quelques articles plus haut, fut fondée, en 1636, par quelques femmes pieuses qui vivaient en commun sans vœux et sans clôture et qui s'occupaient d'instruire les pauvres ou de soigner les

malades. Une veuve de seize ans, Mme de Miramion, avait rassemblé, vers l'année 1661, sous le
nom de *Sainte-Famille*, une communauté de six
jeunes filles vivant de même et occupées des
mêmes soins. Les deux maisons se réunirent en
1665, sous le titre de Sainte-Geneviève, et subsistèrent jusqu'en 1790.

Filles de la Société de la Croix, impasse Gué-
ménée, 4. Religieuses qui s'occupaient d'instruction. Établies à Paris en 1643; supprimées en
1790.

Communauté de Sainte-Jeanne, rue d'Orléans-
Saint-Marcel, 11. Maison formée en 1656 et suc-
cursale de la congrégation précédente, celle des
Filles de la Croix.

Filles de la Congrégation de la Croix, rue des
Barres, 14. Succursale des précédentes, fondée
en 1664, supprimée en 1790.

Institution ou *Noviciat de l'Oratoire*, rue d'Enfer, 74. Maison consacrée à recevoir et à instruire
ceux qui se destinaient à entrer dans la congrégation de l'Oratoire. Elle fut fondée en 1650 et
l'église bâtie, en 1655, sous le titre de la Sainte-
Trinité-et-l'Enfance-de-Jésus. Supprimé en 1792.

Orphelins de la Mère-de-Dieu ou *de Saint-Sulpice*, rue du Vieux-Colombier, 15. Sous ce titre,
une communauté de religieuses, fondée en 1648,
recevait et élevait les orphelins. La chapelle était

sous le vocable de l'Annonciation. Supprimée en
1790.

Prémontrés réformés, ou Chanoines réguliers de
la réforme de l'étroite observance de l'ordre de
Prémontré, rue de Sèvres, 11. Couvent fondé, en
1661, par les différents couvents réformés de
l'ordre de Prémontré en France. Anne d'Autriche
posa, en 1662, la première pierre de l'église, qui
fut achevée l'année suivante et bénite sous le titre
du Très-Saint-Sacrement de l'Autel et de l'Immaculée-Conception de la Sainte-Vierge. On la
rebâtit en 1719. La maison fut supprimée en 1790
et les bâtiments démolis.

Église des Missions étrangères. Le séminaire des
Missions étrangères fut fondé, en 1663, par Bernard de Sainte-Thérèse, évêque de Babylone,
pour porter le christianisme chez les infidèles et
particulièrement en Asie. Après avoir été supprimé en 1790, il est aujourd'hui rétabli, et son
église, placée sous l'invocation de *la Sainte-Famille,*
et sous celle de *S. François-Xavier* est la seconde
succursale de Saint-Thomas-d'Aquin.

Abbaye-aux-Bois ou *Monastère de Notre-Dame-
aux-Bois,* rue de Sèvres, 16. Abbaye fondée en
Picardie au commencement du xiii⁰ siècle, et dont
les religieuses, chassées par la guerre et l'incendie,
se réfugièrent à Paris en 1650, et achetèrent
l'établissement des Annonciades-des-Dix-Vertus.

L'église, rebâtie en 1718, est aujourd'hui la première succursale de Saint-Thomas-d'Aquin.

Filles du Saint-Esprit ou Communauté de mademoiselle Cossart, ainsi appelée du nom de sa fondatrice (rue Notre-Dame-des-Champs). Établie en 1666, et supprimée en 1707. Elle était destinée à l'éducation des filles pauvres.

Frères de l'Enfant-Jésus ou *Frères des écoles chrétiennes.* Cet établissement formé, en 1688, pour élever, dans le travail et la piété, des enfants pauvres, fut installé, en 1722, dans les bâtiments qui avaient appartenu à la communauté précédente. Supprimé en 1792 et rétabli en 1806.

Congrégation de Jésus-et de-Marie ou *Congrégation des Eudistes*, du nom du P. Jean Eudes, de l'Oratoire, son fondateur (rue des Postes, 20). Institution créée à Caen, en 1643, pour former des prêtres et entreprendre des missions. Elle s'établit à Paris en 1671. Supprimée en 1790.

Cordeliers de la Terre-Sainte, à la Ville-l'Evêque. Communauté fondée, en 1655, par un franciscain pour recueillir les religieux de son ordre à leur retour du voyage de la Palestine. On ne sait jusqu'à quelle époque elle subsista.

Filles de l'Union-Chrétienne ou *de Saint-Chaumont*, rue Saint-Denis, 374. Communauté fondée, en 1673, au village de Charonne, pour recueillir et instruire les jeunes filles. En 1683, elle acheta l'hôtel de Saint-Chaumont près la porte Saint-Denis et y fit bâtir une chapelle sous l'invocation de Saint-Joseph. Elle eut en même temps, rue de la Lune, 32, une succursale qu'on appela le *Petit-Saint-Chaumont* ou la *Petite-Union-Chrétienne*. Supprimée en 1790.

Filles de Notre-Dame-de-la-Miséricorde, rue du Vieux-Colombier, 8. Appelées d'Aix à Paris, en 1648, par la reine Anne d'Autriche. Elles subsistèrent jusqu'en 1790.

Abbaye du Verbe-Incarné, puis *de Notre-Dame-de-Pentemont,* rue de Grenelle-Saint-Germain. La communauté du Verbe-Incarné, destinée à l'éducation des jeunes filles, fondée à Lyon, en 1625, vint à Paris en 1643 et y créa un nouveau monastère, dont les religieuses prirent le titre d'Augustines du Verbe-Incarné et du Saint-Sacrement ; mais le gouvernement ayant ordonné, vers 1670, la suppression des établissements monastiques dont les ressources n'étaient pas suffisantes, les Filles du Verbe-Incarné furent, en 1671, du nombre de celles qu'atteignit la suppression. Les religieuses de l'abbaye de Pentemont près Beauvais obtinrent, en 1672, la permission de les remplacer et achetèrent leur maison. Elles firent, en 1755, reconstruire l'église, et furent supprimées à leur tour par la révolution.

Filles de Sainte-Marguerite et de Notre-Dame-

des-Vertus, rue Saint-Bernard, faubourg Saint-Antoine. Couvent formé, en 1679, de quelques religieuses appelées du monastère de Notre-Dame-des-Vertus d'Aubervilliers, pour l'éducation des jeunes filles. Supprimé en 1790.

Filles de la très-sainte-Vierge ou *Filles de l'instruction chrétienne*, rue du Gindre, puis rue du Pot-de-Fer. Communauté formée, vers 1680, par la veuve de l'un des marchands de vin du roi, pour l'éducation des filles pauvres. Supprimée en 1790.

Filles de la Visitation-de-Sainte-Marie, à Chaillot. Monastère fondé, en 1651, par Henriette de France, fille de Henri IV et veuve de Charles Ier. L'église en avait été reconstruite au commencement du xviiie siècle. Supprimé en 1790. C'est sur son emplacement qu'on jeta, en 1810, les fondements du palais du roi de Rome.

Filles de la Visitation-de-Sainte-Marie, rue Montorgueil, puis (1673) rue du Bac. Succursale du couvent des Visitandines du faubourg Saint-Jacques, fondée en 1657. Supprimée en 1790. Le passage Sainte-Marie a été ouvert sur son emplacement.

Religieuses de Notre-Dame-de-Bon-Secours, rue de Charonne, 95. Prieuré de l'ordre de Saint-Benoît fondé en 1648. Supprimé en 1790.

Notre-Dame-de-la-Paix; un couvent d'augus-

tines qui existait à Nanterre depuis 1638 fut
transféré, sous ce nom, à Chaillot, en 1671. En
1746, on y réunit l'abbaye de *Sainte-Perrine*, établie alors à la Villette. Le nom de Sainte-Perrine
prévalut, et quoique le monastère ait été supprimé
en 1790, ce nom est encore aujourd'hui porté par
une institution de retraite pour les vieillards qui
s'y est formée depuis 1806.

Religieuses de la Madelaine-du-Trainel, rue de
Charonne, 88. Les religieuses de cette abbaye,
qui existait à Trainel en Champagne depuis le
XIVe siècle, vinrent, en 1652, chercher un asile à
Paris contre les désastres de la guerre. Leur maison et leur église, rue de Charonne, furent bâties
en 1654; Anne d'Autriche en posa la première
pierre. Supprimées en 1790.

Filles du Saint-Sacrement, rue Saint-Louis-du-
Marais, 50. Religieuses chassées de Toul par la
guerre et réfugiées à Paris en 1674. La duchesse
d'Aiguillon leur fit présent, en 1684, de l'hôtel de
Turenne, rue Saint-Louis, où elles s'établirent
sous le titre de Monastère des religieuses bénédictines de l'Adoration-perpétuelle-du-très-Saint-
Sacrement-de-l'Autel. Le monastère a été supprimé
en 1790. Son église, construite en 1684, sous
l'invocation de saint Denis et le Saint-Sacrement,
a été rebâtie de 1826 à 1835, et forme aujour-
d'hui la troisième succursale de Saint-Merri.

Religieuses anglaises ou *de la Conception*, rue Moreau, 10. Leur monastère était aussi appelé *Bethléem*. Ces religieuses, qui appartenaient au tiers-ordre de Saint-François, étaient établies à Nieuport; elles vinrent, en 1658, chercher un refuge à Paris. Elles subsistèrent jusqu'en 1790.

Sainte-Pélagie, rue de la Clef, 14. Maison de retraite forcée pour les filles de conduite scandaleuse, placée sous la direction de quelques pieuses femmes, et fondée, en 1665, par Mme de Miramion, avec le concours de l'autorité. Transformée en prison pendant la révolution.

Filles du Bon-Pasteur, rue du Cherche-Midi, 36. Maison de retraite volontaire pour les filles repentantes, fondée en 1696. Supprimée en 1790.

Filles de Saint-Thomas-de-Villeneuve, rue de Sèvres, 27. Augustines réformées destinées au service des hôpitaux et venues à Paris en l'an 1700. Supprimées en 1790 et rétablies depuis.

Filles de Sainte-Valère, rue de Grenelle-Saint-Germain, 152. Communauté de filles pénitentes fondée en 1700 et dirigée par les dames hospitalières de Saint-Thomas-de-Villeneuve. Son église est, depuis 1802, la troisième succursale de la paroisse Saint-Thomas-d'Aquin.

Église Saint-Pierre-de-Chaillot, rue de Chaillot, 50. Cette église remonte au XIe siècle. Lorsque Louis XIV, en 1659, érigea le village de Chaillot en faubourg de Paris, on répara cette église dont la construction fut encore reprise en partie au milieu du xviiie siècle. Elle est, depuis 1802, la troisième succursale de la Madelaine.

Chapelle Sainte-Anne, rue du Faubourg-Poissonnière, entre les rues Bleue et Montholon. Chapelle dépendant de l'abbaye de Montmartre; elle avait été fondée en 1655 et n'existait plus vers 1715.

Eglise de la Madelaine. Ce fut d'abord une chapelle de Sainte-Madelaine-de-la-Ville-l'Évêque, ainsi appelée parce qu'elle avait été bâtie, au commencement du xiie siècle, dans un domaine rural de l'évêque de Paris, à l'angle des rues de la Ville-l'Évêque et de la Madelaine. Ce quartier devenant successivement de plus en plus populeux, la chapelle fut rebâtie, d'abord par Charles VIII en 1487, puis en 1659. Un siècle après, en 1754, la place Louis XV et la rue Royale étant construites, on songea à refaire encore l'église de la Madelaine, en la plaçant dans l'axe de cette rue. Cette entreprise commença à recevoir son exécution en 1764; elle fut interrompue de 1790 à 1806, changée alors par Napoléon, qui voulait en faire un temple à la gloire de sa grande armée, reprise en 1815 et terminée enfin en 1830.

Filles de Sainte-Perpétue, Filles de Sainte-Thècle, Filles de la Mort, Communauté de Saint-Si-

méon-Salus, *Communauté de M*^me *Picart*, *de M*^lle *Séguier*, etc. Fondations éphémères de la fin du xviie siècle qui n'eurent pas de durée.

Chapelle Sainte-Apolline; existait au xviie siècle à l'angle des rues Mouffetard et de la reine Blanche. On n'en sait pas autre chose.

Filles de Sainte-Marthe, rue de la Muette, 10. Communauté fondée, en 1717, pour l'éducation des jeunes filles pauvres du faubourg Saint-Antoine. Supprimée en 1790.

Filles de Saint-Michel ou *de Notre-Dame-de-la-Charité*, rue des Postes, 38. Communauté fondée à Caen, en 1641, par le P. Eudes, pour offrir une retraite aux femmes mondaines. La maison de Paris fut établie en 1724 et la chapelle placée sous l'invocation de saint Michel. Supprimée en 1790.

Orphelines du Saint-Enfant-Jésus et de la Mère-de-Pureté, rue des Postes, 3. Communauté séculière fondée, vers l'an 1700, pour l'éducation des orphelines pauvres; remplacée, en 1754, par des religieuses de Saint-Thomas-de-Villeneuve.

Filles de l'Enfant-Jésus ou *Filles du Curé-de-Saint-Sulpice*, rue de Sèvres, 3. L'Enfant-Jésus était le nom d'une maison d'éducation fondée vers l'an 1700 et qui fut achetée, en 1724, par l'abbé Languet, curé de Saint-Sulpice, pour y placer trente jeunes filles nobles et pauvres auxquelles il donnait une éducation analogue à celle de Saint-Cyr. Supprimé en 1790.

Eglise Saint-Pierre-du-Gros-Caillou. Tel est le titre officiel de l'église du faubourg de Paris appelé le Gros-Caillou, bien qu'elle ait été consacrée sous l'invocation de l'Assomption-de-la-Sainte-Vierge et nommée par ses paroissiens Notre-Dame-de-Bonne-Délivrance. Elle fut construite en 1738, démolie pendant la révolution et rebâtie en 1822.

Saint-Philippe-du-Roule. Ancienne chapelle d'un hôpital de lépreux érigée en paroisse, le 1er mai 1699, sous l'invocation de saint Jacques et saint Philippe, et reconstruite de 1769 à 1784.

Eglise Sainte-Geneviève ou *Panthéon.* Les bâtiments et l'église de l'ancienne abbaye de Sainte-Geneviève (voy. ci-dessus, p. 82) tombaient en ruines. En 1755, Louis XV en ordonna la reconstruction sur un plan extraordinaire de grandeur et d'élégance. Les travaux commencèrent en 1767 et n'étaient pas encore entièrement terminés en 1791, quand l'Assemblée nationale changea la destination de l'édifice et décréta qu'il serait consacré à la sépulture des Français distingués par leurs vertus et leurs talents. Napoléon rendit Sainte-Geneviève au culte en 1806, le roi Louis-Philippe rétablit le Panthéon en 1830, et le gouvernement actuel y a, le 6 décembre 1851, encore une fois installé le culte catholique.

Capucins de la Chaussée-d'Antin et *Eglise de Saint-Louis-d'Antin*, rue Caumartin. L'accroissement de la population de la chaussée d'Antin y détermina, vers 1780, l'édification d'une chapelle et celle d'un couvent dans lequel on transféra les capucins du faubourg Saint-Jacques. Les constructions furent achevées et la translation eut lieu au mois de septembre 1782. En 1790, le couvent fut supprimé, et, depuis 1802, ses bâtiments sont occupés par le lycée Bonaparte ou collége Bourbon. L'église Saint-Louis-d'Antin est une des cures annexes de la Madelaine.

Saint-Nicolas-du-Roule ou *Chapelle Beaujon*, rue du Faubourg-du-Roule. Fondée, vers 1780, par Nicolas Beaujon, receveur général des finances.

V

ETAT ACTUEL DES EGLISES

ET MONASTÈRES DE PARIS.

1º ÉGLISES.

Culte catholique.

1. Notre–Dame (ive siècle) [1].
2. Saint-Gervais (xe siècle).
3.　　 Saint–Louis-en-l'Ile (1616).
4.　　 Saint-Paul-Saint-Louis (viie siècle).

---

[1] La date inscrite après chaque église est celle de sa fondation primitive. Les articles qui ressortent indiquent les cures, ceux qui rentrent les succursales.

5. Saint-Étienne-du-Mont (vers 1220).
6. Saint-Médard (xe siècle).
7.   Saint-Nicolas-du-Chardonnet (1243).
8.   Saint-Jacques-du-Haut-Pas (xiie siècle).

9. Saint-Eustache (1222).
10.   Notre-Dame-des-Victoires ou église des Petits-Pères (1629).
11.   Notre-Dame-de-Bonne-Nouvelle (1551).

12. Saint-Germain-l'Auxerrois (viie siècle).

13. Saint-Laurent (vie siècle).
14.   Saint-Vincent-de-Paule (1824-1844).
15.   Saint-Joseph-des-Allemands (1852).
16.   Saint-Eugène (1854).
17. Sainte-Madelaine (xiie siècle).
18. Saint-Pierre-de-Chaillot (xie siècle).
19. Saint-Louis-d'Antin (1780).
20.   Saint-Philippe-du-Roule (1699).
21.   Saint-Augustin (1853).

22. Sainte-Marguerite (1625).
23. Saint-Antoine (xiie siècle).
24.   Saint-Ambroise (1659).

25. Saint-Merry (ixe siècle).
26.   Notre-Dame-des-Blancs-Manteaux (1258).

27.   Saint-Jean-Saint-François (vers 1820).
28.   Saint-Denys-au-Marais (1685).

29. Saint-Nicolas-des-Champs (vers 1110).
30. Saint-Leu (1235).
31. Sainte-Elisabeth (1628).
32. Saint-Martin-de-Tours (1854-1855).

33. Saint-Roch (1587).
34.   Notre-Dame-de-Lorette (1836).
35.   La Sainte-Trinité (1852).
36.   Saint-André (1851).
37. Saint-Sulpice (vers 1200).
38. Saint-Séverin (vie siècle).
39.   Saint-Germain-des-Prés (543).

40. Saint-Thomas-d'Aquin (1683).
41.   Notre-Dame-de-l'Abbaye-au-Bois (1660).
42.   Les Missions étrangères (1663).
43.   Sainte-Valère; chapelle provisoire que
          remplacera l'église Sainte-Clotilde.
44.   Saint-Pierre-du-Gros-Caillou (1738).

45. Saint-Louis-des-Invalides (1675).

46. Chapelle expiatoire (rue d'Anjou) construite
          par Louis XVIII pour recevoir les restes
          de Louis XVI et de Marie-Antoinette.
47. Chapelle du Père-Lachaise (1834).

Culte chrétien réformé (protestants).

48. Eglise de l'Oratoire, rue St-Honoré, 157[1].

49. Sainte-Marie, rue Saint-Antoine, 216[2].

50. Eglise de Pentemont, rue de Grenelle, 106[3].

51. Eglise de Plaisance, rue de l'Ouest, 97.

52. Eglise luthérienne de la Rédemption, rue Chauchat.

53. Eglise luthérienne des Billettes[4].

54. Eglise anglicane, rue d'Aguesseau et avenue Marbeuf.

55. Chapelle Taitbout, rue de Provence, 54.

56. Chapelle rue Servandoni, 9.

57. Chapelle rue de Chabrol, 29.

58. Chapelle rue Faubourg-Saint-Honoré, 180.

59. Chapelle rue de Saint-Maur, 142.

60. Chapelle passage Bernard.

61. Eglise méthodiste Wesléyenne, rue Royale, 23.

62. Id. rue de l'Oratoire-du-Roule, 52.

63. Eglise Baptiste, rue Saint-Roch, 10.

---

[1] Voy. ci-dessus, p. 65.

[2] Voy. p. 67.

[3] Voy. p. 86.

[4] Voy. p. 38.

2º CONGRÉGATIONS ET MONASTÈRES D'HOMMES.

1. Saint-Sulpice (Communauté des prêtres et séminaire de).

2. Missions étrangères (Séminaire des), rue du Bac, 128.

3. Saint-Esprit (Congrégation du) et du Saint-Cœur-de-Marie (Séminaire colonial), rue des Postes, 30.

4. Id., maison de noviciat, impasse des Vignes, 2.

5. Irlandais (Séminaire des), rue des Irlandais, 5.

6. Institut slave catholique.

7. Congrégation des prêtres de la Mission (Lazaristes), rue de Sèvres, 95.

8. Frères-prêcheurs ou Dominicains, rue de Vaugirard, 70.

9. Frères-mineurs-capucins, rue du Faubourg-Saint-Jacques, 71.

10. Pères jésuites, rue de Sèvres, 33.

11. Id., rue des Postes, 18.

12. Congrégation des prêtres de Picpus, rue de Picpus, 29.

13. Congrégation des prêtres de la Miséricorde ou de l'Immaculée Conception, rue de Varennes, 15.

14. Communauté des prêtres de l'Oratoire, rue du Regard, 11.

15. Congrégation de Sainte-Marie ou des prêtres Maristes de Lyon, rue du Mont-Parnasse, 31.

16. Institut général des Frères des écoles chrétiennes, rue Oudinot, 27.

17. Frères hospitaliers de la Charité, rue Oudinot, 19.

18. Frères de Saint-Nicolas, rue de Vaugirard, 112.

19. Id. à Issy près Paris, Grand'Rue, 36.

20. Infirmerie de Marie-Thérèse; maison de retraite pour les prêtres ecclésiastiques âgés, malades ou infirmes, rue d'Enfer, 116.

3º CONGRÉGATIONS ET MONASTÈRES DE FEMMES.

1. *Abbaye-aux-Bois*, religieuses de la congrégation de *Notre-Dame-de-Saint-Augustin*. Maison d'enseignement; à Paris, rue de Sèvres, 16. Autorisée le 18 novembre 1827.

2. *Adoration réparatrice* (Dames de l'), rue des Ursulines, 12.

3. *André* (Sœurs de la *Croix*, dites de *Saint-*);

hospitalières et enseignantes. Maison mère à La Puge (Vienne); maison à Ivry (autorisée en 1836); à Choisi-le-Roi (en 1843); à Nogent-sur-Marne (en 1846); à Issy (en 1847); à Paris, rue de Sèvres, 108 (en 1852).

Assomption (Dames de l'); voy. *Vierge.*

4. *Augustin* (Dames chanoinesses de *Saint-*). Maison d'enseignement; à Paris, rue Saint-Honoré, 205. Autorisée le 12 novembre 1853.

Augustin (Notre-Dame-de-Saint-). Voy. *Abbaye-aux-Bois* et *Notre-Dame.*

5. *Augustines hospitalières.* Maison (mère) hospitalière et d'enseignement; à l'Hôtel-Dieu, à Paris. Autorisée le 26 décembre 1810.

Augustines de Sainte-Marie-de-Lorette; voy. *Marie.*

Augustines de la Conception-de-Sainte-Marie; voy. *Marie.*

Augustines de l'Intérieur-de-Marie; v. *Marie.*

Bénédictines; voy. *Notre-Dame-du-Calvaire* et *Sacrement.*

Bernardines; voy. *Port-Royal.*

6. *Bon-Pasteur* (Dames du); à Conflans, près Paris.

Bon-Secours-de-Saint-Merry; voy. *Merry.*

Bon-Secours (Sœurs de); voy. *Notre-Dame.*

Calvaire; voy. *Notre-Dame.*

7. *Carmélites.* Quatre maisons à Paris : rue

d'Enfer, 65 ; rue de Vaugirard, 89 ; avenue de Saxe, 24 ; rue de Messine, 5.

8. *Charité et instruction chrétiennes* (Sœurs de la), de Nevers. Institutrices et hospitalières. Asile de la Providence, à la barrière des Martyrs ; asile Sainte-Anne.

9. *Clotilde* (Dames de *Sainte-*). Maison (mère) d'enseignement ; à Paris, rue de Reuilli, 99. Autorisée le 7 juin 1826.

Compassion (Dames de la) ; voy. *Vierge.*

Conception (Dames de la) ; voy. *Marie.*

10 *Croix* (Religieuses *dominicaines de la*). Maison enseignante ; à Paris, rue de Charonne, 86. Autorisée le 7 juin 1826.

11. *Croix* (Sœurs de *la*), enseignantes ; rue de l'Arbalète, 25.

Croix (Sœurs de *la*), dites de Saint-André ; voy. *André.*

Dominicaines de la Croix ; voy. *Croix.*

12. *Jésus* (Sœurs *Fidèles-compagnes-de-*). Maison d'enseignement ; à Paris, rue de la Santé, 67. Autorisée le 8 octobre 1853.

13. *Jésus* (Religieuses du *Sacré-Cœur-de-*). Maison (mère) d'enseignement ; à Paris, rue de Varennes, 41 ; autre maison, impasse des Feuillantines, 18. Autorisées le 22 avril 1827. Maison de noviciat, à Conflans, près Paris. Autorisée le 20 mars 1851.

14. *Jésus-Christ* (Religieuses de) ; rue Neuve-Saint-Etienne, 18.

15. *Joseph* (Sœurs de *Saint-*), de Belley ; rue de Monceaux, 21.

16. *Joseph* (Sœurs de *Saint-*) de Cluny. Maison hospitalière et d'enseignement ; à Paris, rue du Faubourg-Saint-Jacques, 57. Autorisée le 15 décembre 1855.

17. *Elisabeth* (Religieuses *franciscaines de Sainte-*). Maison d'enseignement ; à Paris, rue Saint-Louis-du-Marais, 40.

18. *Espérance* (Sœurs de *l'*), rue de Calais, 21. Franciscaines de Sainte-Elisabeth ; voy. *Elisabeth*.

19. *Immaculée-Conception* (Sœurs de l') ; rue des Postes, 27.

20. *Marie-Joseph* (Sœurs de) ; à la prison de Saint-Lazare, rue du Faubourg-Saint-Denis.

21. *Marie* (Sœurs de *Sainte-*). Maison hospitalière et d'enseignement ; à Paris, rue Carnot, 8 (hospice Cochin). Autorisée le 7 juillet 1853.

22. *Marie-de-Lorette* (Religieuses *augustines de Sainte-*). Maison d'enseignement ; à Paris, rue de Vaugirard, 101. Autorisée le 19 juillet 1854.

23. *Marie* (Dames *augustines anglaises*, dites de la *Conception-de-*). Maison d'enseignement ; à Paris, rue des Fossés-Saint-Victor, 25. Autorisée le 23 novembre 1853.

24. *Marie* (Dames *augustines de l'Intérieur-de-*). Maison d'enseignement; à Montrouge. Autorisée le 29 novembre 1853.

25. *Marthe* (Religieuses de *Sainte-*). Maison (mère) hospitalière et d'enseignement; à Paris. Autorisée le 14 juin 1810.

26. *Maur* (Dames de *Saint-*). Hospitalières et enseignantes. Trois maisons à Paris, dont la principale rue Saint-Maur-Saint-Germain, 8. Autorisées le 19 janvier 1811.

27. *Mère-de-Dieu* (Congrégation de la). Maison d'enseignement à Saint-Denis, et maison à Paris, rue de Picpus, 43. Autorisées le 15 juillet 1810.

28. *Merry* (Sœurs du *Bon-Secours-de-Saint-*); rue Saint-Merry, 46.

29. *Michel* (Dames de *Saint-*). Maison d'éducation, de préservation et de retraite; rue Saint-Jacques, 193.

30. *Miséricorde* (Dames de *la*). Maison d'enseignement; à Paris, rue Neuve-Sainte-Geneviève, 39. Autorisée le 17 janvier 1827.

31. *Miséricorde* (Sœurs des écoles chrétiennes de l'*Œuvre du Saint-Cœur-de-Marie* ou de *la*). Service des malades, hospitalières et institutrices. Cinq maisons à Paris, dont la principale rue de Picpus, 60 (autorisée le 10 janvier 1855); deux maisons à Vaugirard. Maison mère à Saint-Sauveur-le-Vicomte, dép. de la Manche.

32. *Notre-Dame-de-Saint-Augustin* (Religieuses de la congrégation de). Maison d'enseignement ; à Paris, rue de Sèvres (couvent des Oiseaux)'; autorisée le 7 juin 1826. Autre maison, rue du Faubourg-Saint-Honoré. Voy. *Abbaye-aux-Bois.*

33. *Notre-Dame-du-Bon-Secours* (Sœurs de), dites de *Notre-Dame-auxiliatrice*. Maisons de gardes-malades à domicile ; à Paris, rue Notre-Dame-des-Champs, 20. Autorisée le 17 janvier 1827.

34. *Notre-Dame-du-Calvaire* (Bénédictines de). Enseignantes ; à Paris, rue du Petit-Vaugirard. Maison mère à Orléans. Autorisée le 30 septembre 1827.

35. *Notre-Dame-de-Sion* (Religieuses de) ; rue Duguay-Trouin, 3.

36. *Paul* (Sœurs aveugles-de-*Saint*-); au Bourg-la-Reine, près Paris, Grande Rue, 53.

37. *Petites-Sœurs-des-Pauvres*. Deux maisons, Faubourg-Saint-Jacques et rue du Regard.

38. *Picpus* (Dames de) ; rue de Picpus, 35.

39. *Port-Royal* (Religieuses *bernardines de*). Maison d'enseignement ; à Paris, rue de l'Arbalète, 25. Autorisée le 17 janvier 1827.

Présentation (Dames de la) ; voy. *Vierge.*

40. *Providence* (Sœurs de *la*), de Portieux. Enseignantes ; rue Traversière-Saint-Honoré.

41. *Refuge* (Communauté du). Maison de cor-

rection paternelle ; à Paris, rue Saint-Jacques.
Autorisée en 1810.

42. *Retraite* (Dames de *la*) ; rue du Regard, 15.

Sacré-Cœur ; voy. *Jésus.*

Saint-Cœur-de-Marie ; voy. *Miséricorde.*

43. *Sacrement* (*Bénédictines du Temple* ou de
l'*Adoration-perpétuelle-du-Saint-*). Maison d'enseignement ; établie au Temple avant 1848 ; aujour-
d'hui rue de Monsieur, 20. Autorisée le 17 novembre 1841.

44. *Sacrement* (*Bénédictines de l'Adoration-per-
pétuelle-du-Saint-*). Maison d'enseignement ; à
Paris, rue Neuve-Sainte-Geneviève, 12. Autorisée
le 7 juin 1826.

Sion ; voy. *Notre-Dame.*

45. *Thomas-de-Villeneuve* (Dames de *Saint-*).
Maison (mère) hospitalière et d'enseignement ; à
Paris, rue de Sèvres, 27. Autorisée le 16 juil-
let 1810 et le 28 janvier 1853.

46. *Ursulines* (Communauté des). Maison d'enseignement ; à Paris, rue de Vaugirard, 100.
Autorisée le 10 décembre 1826.

47. *Vierge* (Dames de *l'Assomption-de-la-*).
Maison d'enseignement ; rue de Chaillot, 94, et
impasse des Vignes.

48. *Vierge* (Dames de la *Compassion-de-la-*).
Service des malades ; maison hospitalière et d'en-

seignement ; à Saint-Denis. Autorisée le 30 avril 1843.

49. *Vierge* (Sœurs de charité de la *Présentation-de-la-*). Maison hospitalière et enseignante à Boulogne, près Paris, dépendant de la maison mère de Tours. Autorisée le 19 janvier 1811.

50. *Vierge* (Dames de la *Visitation-de-la-*). Religieuses enseignantes ; deux maisons à Paris, rue d'Enfer, 98, et rue de Vaugirard, 140. Autorisées le 7 juin 1826.

51. *Vincent-de-Paule* (Sœurs de charité dites *Filles-de-Saint-*). Hospitalières et enseignantes. Maison mère à Paris, rue du Bac, 140 (autorisée le 8 novembre 1809). Quatre autres maisons à Paris, rue de la Ville-l'Evêque, rue Saint-Dominique, rue de la Chaussée-des-Minimes, 4, rue des Brodeurs, 10 (autorisées en 1843 et 1852), et une à Stains, près Paris (autorisée en 1844).

Visitation (Dames de la) ; voy. *Vierge*.

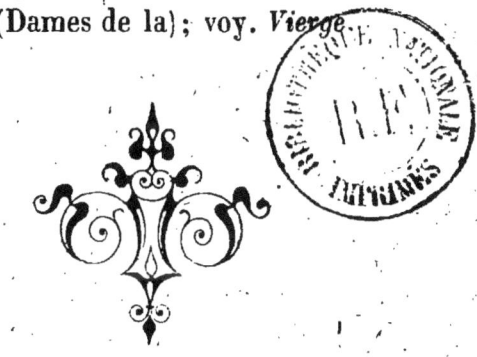

VI

TABLE DES NOMS D'EGLISES

MONASTERES, CHAPELLES, ETC.

CITÉS DANS CE VOLUME.

9e VOLUME DE LA COLLECTION.

Achevé d'imprimer pour la première fois à Paris, chez BONAVENTURE et DUCESSOIS, quai des Augustins, 55, le 10 juillet M D CCC L VI.

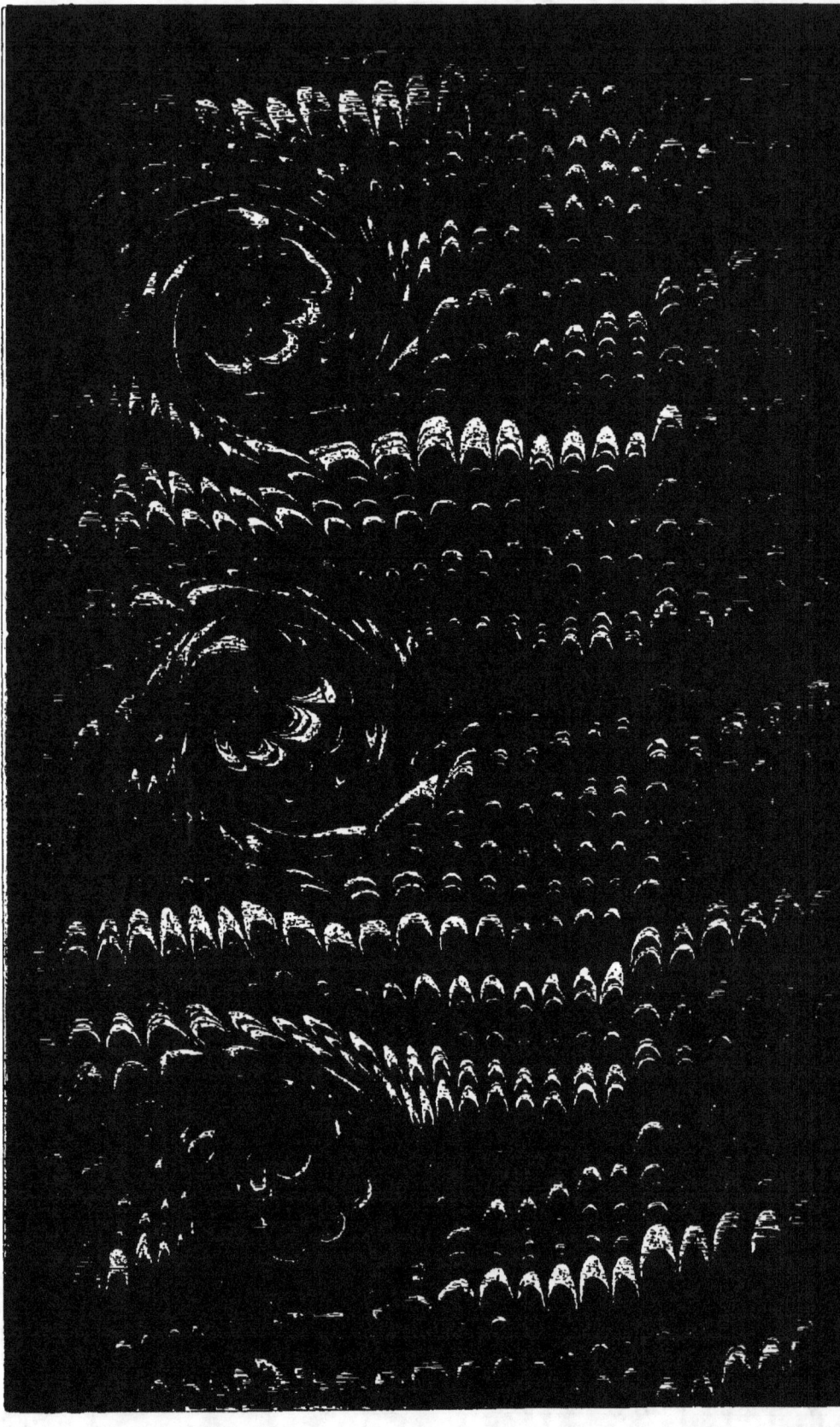

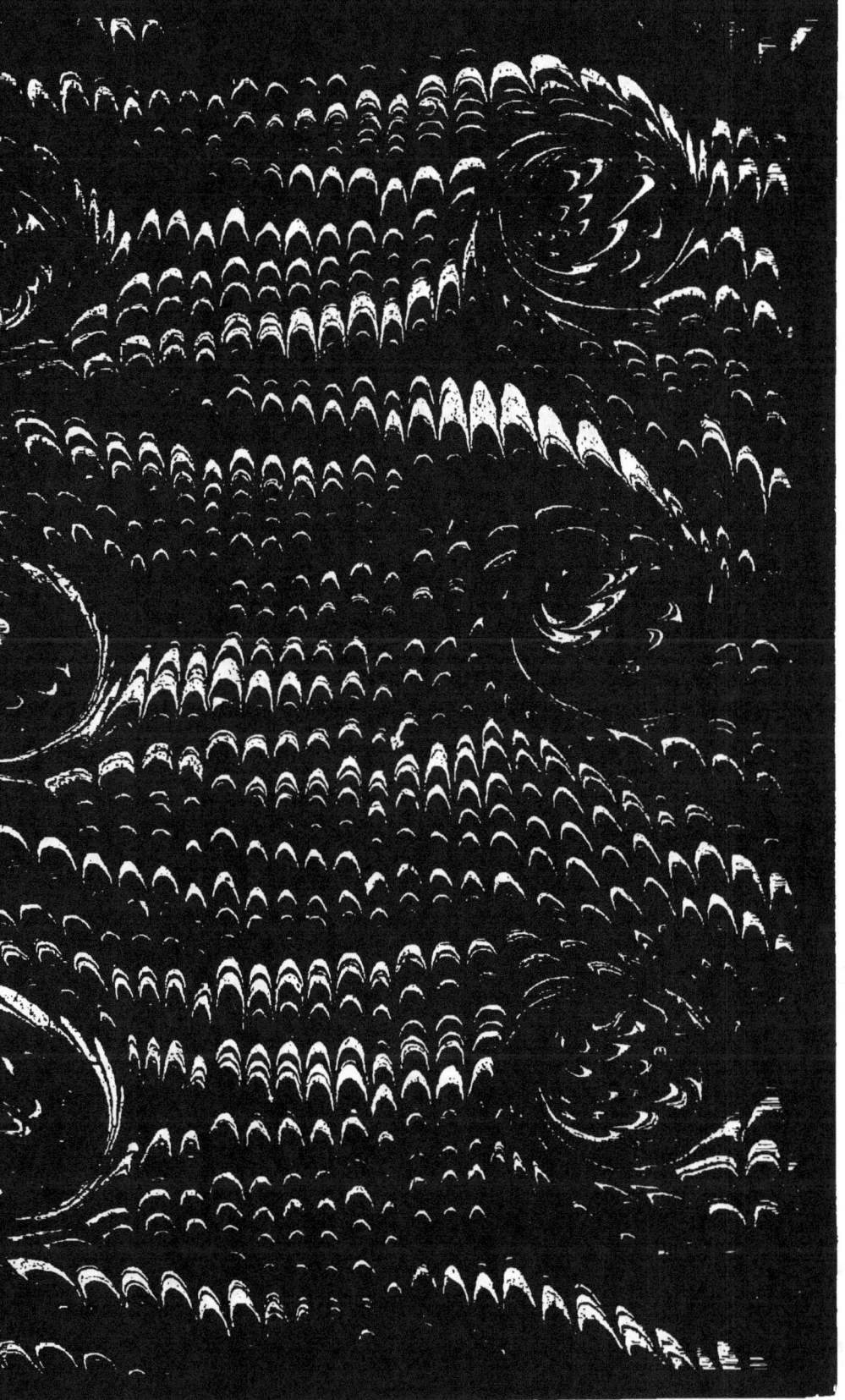

www.ingramcontent.com/pod-product-compliance
Lightning Source LLC
Chambersburg PA
CBHW051552280626
47162CB00022B/1724